Los santos inocentes

Contemporánea
Narrativa

MIGUEL DELIBES

LOS SANTOS INOCENTES

AUSTRAL

El papel utilizado para la impresión de este libro es cien por cien libre de cloro y
está calificado como **papel ecológico**.

© Herederos de Miguel Delibes, 2010
© Editorial Planeta, S. A., 2009, 2015
   Ediciones Destino, un sello editorial de Editorial Planeta, S. A.
   Avinguda Diagonal, 662, 6.ª planta. 08034 Barcelona (España)
   www.edestino.es
   www.planetadelibros.com

Diseño de la colección: Compañía
Ilustración de la cubierta: Shutterstock
Primera edición en Austral: marzo de 2010
Primera edición en esta presentación: febrero de 2013
Segunda impresión: octubre de 2013
Tercera impresión: junio de 2014
Cuarta impresión: agosto de 2014
Quinta impresión: mayo de 2015

Depósito legal: B. 24.225-2013
ISBN: 978-84-233-4673-8

Impresión y encuadernación: CPI (Barcelona)
Printed in Spain - Impreso en España

Biografía

Miguel Delibes (Valladolid, 1920-2010) se dio a conocer como novelista con *La sombra del ciprés alargada*, Premio Nadal 1947. Entre su vasta obra narrativa destacan *Mi idolatrado hijo Sisí*, *El camino*, *Las ratas*, *Cinco horas con Mario*, *Las guerras de nuestros antepasados*, *El disputado voto del señor Cayo*, *Los santos inocentes*, *Señora de rojo sobre fondo gris* o *El hereje*. Fue galardonado con el Premio Nacional de Literatura (1955), el Premio de la Crítica (1962), el Premio Nacional de las Letras (1991) y el Premio Cervantes de Literatura (1993). Desde 1973 era miembro de la Real Academia Española. Ediciones Destino ha publicado sus *Obras completas*.

Libro primero

Azarías

A su hermana, la Régula, le contrariaba la actitud del Azarías, y le regañaba y él, entonces, regresaba a la Jara, donde el señorito, que a su hermana, la Régula, le contrariaba la actitud del Azarías porque ella aspiraba a que los muchachos se ilustrasen, cosa que a su hermano se le antojaba un error, que,

luego no te sirven ni para finos ni para bastos, pontificaba con su tono de voz brumoso, levemente nasal, y, por contra, en la Jara, donde el señorito, nadie se preocupaba de si éste o el otro sabían leer o escribir, de si eran letrados o iletrados, o de si el Azarías vagaba de un lado a otro, los remendados pantalones de pana por las corvas, la bragueta sin botones, rutando y con los pies descalzos e, incluso, si, repentinamente, marchaba donde su hermana y el señorito preguntaba por él y le respondían,

anda donde su hermana, señorito,

el señorito tan terne, no se alteraba, si es caso

13

levantaba imperceptiblemente un hombro, el izquierdo, pero no indagaba más, ni comentaba la nueva, y, cuando regresaba, tal cual,

el Azarías ya está de vuelta, señorito,

y el señorito esbozaba una media sonrisa y en paz, que al señorito sólo le exasperaba que el Azarías afirmase que tenía un año más que el señorito, porque, en realidad, el Azarías ya era mozo cuando el señorito nació, pero el Azarías ni se recordaba de esto, y si, en ocasiones, afirmaba que tenía un año más que el señorito era porque Dacio, el Porquero, se lo dijo así una Nochevieja que andaba un poco bebido y a él, al Azarías, se le quedó grabado en la sesera, y tantas veces le preguntaban,

¿qué tiempo te tienes tú, Azarías?,

otras tantas respondía,

cabalmente un año más que el señorito,

pero no era por mala voluntad, ni por el gusto de mentir, sino por pura niñez, que el señorito hacía mal en renegarse por eso y llamarle zascandil, ni era justo tampoco, ya que el Azarías, a cambio de andar por el cortijo todo el día de Dios rutando y como masticando la nada, mirándose atentamente las uñas de la mano derecha, lustraba el automóvil del señorito con una bayeta amarilla, y desenroscaba los tapones de las válvulas a los automóviles de los amigos del señorito para que al señorito no le faltaran el día que las cosas vinieran mal dadas y escaseasen y, por si eso no fuera suficiente, el Azarías se cuidaba de los perros, del perdiguero y del setter, y de los tres zorreros, y si, en la alta noche, aullaba en el encinar el mastín del pastor y los perros del cortijo se alborotaban, él, Azarías, los aplacaba con buenas palabras, les rascaba insistentemente entre los ojos hasta que se apaciguaban y a dormir y, con la primera luz, salía al patio estirándose, abría el portón y soltaba a los pavos en el encinar, tras de las bardas, protegidos por la cerca de tela metálica y, luego, rascaba la gallinaza de los aseladeros y, al concluir, pues a regar los geranios y el sauce y a adecentar el tabuco del búho y a acariciarle entre las orejas y, conforme caía la noche, ya se sabía, Azarías, aculado en el tajuelo, junto a la lumbre, en el desolado zaguán, desplumaba las perdices, o las pitorras, o las tórtolas, o las gangas, cobradas por el señorito durante la jornada y, con frecuencia, si las piezas abundaban, el Azarías reservaba una para la milana, de forma que el búho, cada vez que le veía aparecer, le envolvía en su redonda mirada amarilla, y castañeteaba con el pico, como si retozara, todo por espontáneo afecto, que a los demás, el señorito incluido, les bufaba como un gato y les sacaba las

15

uñas, mientras que a él le distinguía, pues rara era la noche que no le obsequiaba, a falta de bocado más exquisito, con una picaza, o una ratera, o media docena de gorriones atrapados con liga en la charca, donde las carpas, o vaya usted a saber, pero, en cualquier caso, Azarías le decía al gran duque, cada vez que se arrimaba a él, aterciopelando la voz,

milana bonita, milana bonita,

y le rascaba el entrecejo, y le sonreía con las encías deshuesadas y, si era el caso de amarrarle en lo alto del cancho para que el señorito o la señorita o los amigos del señorito o las amigas de la señorita se entretuviesen, disparando a las águilas o a las cornejas por la tronera, ocultos en el tollo, Azarías le enrollaba en la pata derecha un pedazo de franela roja para que la cadena no le lastimase y, en tanto el señorito o la señorita o los amigos del señorito o las amigas de la señorita permanecían dentro del tollo, él aguardaba, acuclillado en la greñura, bajo la copa de la atalaya, vigilándolo, temblando como un tallo verde, y, aunque estaba un poco duro de oído, oía los estampidos secos de las detonaciones y, a cada una, se estremecía y cerraba los ojos y, al abrirlos de nuevo, miraba hacia el búho y, al verlo indemne, erguido y desafiante, haciendo el escudo, sobre la piedra, se sentía orgulloso de él y se decía conmovido para entre sí,

milana bonita,

y experimentaba unos vehementes deseos de rascarle entre las orejas y, así que el señorito o la señorita o las amigas del señorito o los amigos de la señorita se cansaban de matar rateras y cornejas y salían del tollo estirándose y desentumeciéndose como si abandonaran la bocamina, él se aproximaba moviendo las mandíbulas arriba y abajo, como si masticase algo, al gran duque, y el búho, entonces, se implaba de satisfacción, se esponjaba como un pavo real y el Azarías le sonreía,

no estuviste cobarde, milana,

le decía, y le rascaba el entrecejo para premiarle y, al cabo, recogía del suelo, una tras otra, las águilas abatidas, las prendía en la percha, desencadenaba al búho con cuidado, le introducía en la gran jaula de barrotes de madera, que se echaba al hombro, y pin, pianito, se encaminaba hacia el cortijo sin aguardar al señorito, ni a la señorita, ni a los amigos del señorito, ni a las amigas de la señorita que caminaban, lenta, cansinamente, por la vereda, tras él, charlando de sus cosas y riendo sin ton ni son y, así que llegaba a la casa, el Azarías colgaba la percha de la gruesa viga del zaguán y, tan pronto anochecía, acuclillado en los

guijos del patio, a la blanca luz del aladino, desplumaba un ratonero y se llegaba con él a la ventana del tabuco, y,

uuuuuh,

hacía, ahuecando la voz, buscando el registro
más tenebroso, y, al minuto, el búho se alzaba
hasta la reja sin meter bulla, en un revuelo pausa-
do y blando, como de algodón, y hacía a su vez,

uuuuuh,

como un eco del uuuuuh de Azarías, un eco de
ultratumba, y, acto seguido, prendía la ratera con
sus enormes garras y la devoraba silenciosamente
en un santiamén, y el Azarías le miraba comer
con su sonrisa babeante y musitaba,

milana bonita, milana bonita,

y, una vez que el gran duque concluía su festín, el
Azarías se encaminaba al cobertizo, donde las
amigas del señorito y los amigos de la señorita es-
tacionaban sus coches, y, pacientemente, iba de-
senroscando los tapones de las válvulas de las ruedas, mediante torpes movimientos de dedos y, al
terminar, los juntaba con los que guardaba en la
caja de zapatos, en la cuadra, se sentaba en el suelo y se ponía a contarlos,

uno, dos, tres, cuatro, cinco...,

y al llegar a once, decía invariablemente,

cuarenta y tres, cuarenta y cuatro, cuarenta y
cinco..., luego salía al corral, ya oscurecido, y en

un rincón se orinaba las manos para que no se le agrietasen y abanicaba un rato el aire para que se orearan y así un día y otro día, un mes y otro mes, un año y otro año, toda una vida, pero, a pesar de este régimen metódico, algunas amanecidas el Azarías se despertaba flojo y como desfibrado, como si durante la noche alguien le hubiera sacado el esqueleto, y esos días no rascaba los aseladeros, ni disponía la comida para los perros, ni aseaba el tabuco del búho, sino que salía al campo y se acostaba a la abrigada de los zahurdones o entre la torvisca y, si acaso picaba el sol, pues a la sombra del madroño, y cuando Dacio le preguntaba,

¿qué es lo que te pasa a ti, Azarías?
él,

ando con la perezosa, que yo digo,
y, de esta forma, dejaba pasar las horas muertas, y si el señorito se tropezaba con él y le preguntaba,

¿qué te ocurre, hombre de Dios?,
Azarías la misma,

ando con la perezosa, que yo digo, señorito,
sin inmutarse, encamado en la torvisca o al amparo del madroño, inmóvil, replegado sobre sí mismo, los muslos en el vientre, los codos en el pecho, mascando salivilla o rutando suavemente, como un cachorro ávido de mamar, mirando fijamente la línea azul-verdosa de la sierra re-

19

cortada contra el cielo, y los chozos redondos de los pastores, y el Cerro de las Corzas (del otro lado del cual estaba Portugal), y los canchales agazapados como tortugas gigantes, y el vuelo chillón y estirado de las grullas camino del pantano, y las merinas merodeando con sus crías y, si acaso se presentaba Dámaso, el Pastor, y le decía,

ocurre algo, Azarías?,

él,

ando con la perezosa, que yo digo,

y de este modo transcurría el tiempo hasta que sobrevenía el apretón y daba de vientre orilla del madroño o en la oscura grieta de algún canchal y, según se desahogaba, iban volviéndole paulatinamente las energías y, una vez recuperado, su primera reacción era llegarse donde el búho y decirle dulcemente a través de la reja,

milana bonita,

y el búho venga de esponjarse y castañetear con el corvo pico, hasta que Azarías le obsequiaba con un aguilucho o un picazo desplumados y, mientras lo devoraba, el Azarías, a fin de ganar tiempo, se acercaba a la cuadra, se sentaba en el suelo y se ponía a contar los tapones de las válvulas de la caja,

uno, dos, tres, cuatro, cinco...,

hasta llegar a once, y entonces decía,

20

cuarenta y tres, cuarenta y cuatro y cuarenta y cinco,

y, al concluir, cubría la caja con la tapa, se quedaba un largo rato observando las chatas uñas de su mano derecha, moviendo arriba y abajo las mandíbulas y mascullando palabras ininteligibles y, de repente, resolvía,

me voy donde mi hermana,

y, en el porche, se encaraba con el señorito, emperezado en la tumbona, adormilado,

me voy donde mi hermana, señorito,

y el señorito levantaba imperceptiblemente el hombro izquierdo y,

vete con Dios, Azarías,

y él marchaba al otro cortijo, donde su hermana, y ella, la Régula, nada más abrirle el portón,

¿qué se te ha perdido aquí, si puede saberse?,

y Azarías,

¿y los muchachos?,

y ella,

ae, en la escuela están, ¿dónde quieres que anden?,

y él, el Azarías, mostraba un momento la punta de la lengua, gruesa y rosada, volvía a esconderla, la paladeaba un rato y decía al fin,

el mal es para ti, luego no te van a servir ni para finos ni para bastos,

y la Régula,

ae, ¿te pedí yo opinión?,

pero, tan pronto caía el sol, el Azarías se azorra-
ba mirando las brasas, masticando la nada y, al
cabo de un rato, erguía la cabeza y, súbitamente,
decía,

mañana me vuelvo donde el señorito,

y antes de amanecer, así que surgía una raya ana-
ranjada en el firmamento delimitando el contor-
no de la sierra, el Azarías ya andaba en la trocha
y, cuatro horas más tarde, sudoroso y hambrien-
to, en cuanto oía a la Lupe descorrer el gran cerrojo del portón, ya empezaba,

milana bonita, milana bonita,

una y otra vez, sin dejarlo, y a la Lupe, la Porquera, ni los buenos días, y el señorito tal vez andaba
en la cama, descansando, pero así que aparecía a
mediodía en el zaguán, la Lupe le daba el parte,

el Azarías nos entró de mañana, señorito,

y el señorito amusgaba los ojos somnolientos,

de acuerdo,

decía, y alzaba el hombro izquierdo, como resig-
nado, o sorprendido, aunque ya se sentía al Azarías rascando los aseladeros o baldeando el tabuco del gran duque y arrastrando la herrada por el
patio de guijos, y, de este modo, iban transcu-
rriendo las semanas hasta que un buen día, al
apuntar la primavera, el Azarías se transformaba,
le subía a los labios como una sonrisa tarda, ine-

fable, y, al ponerse el sol, en lugar de contar los tapones de las válvulas, agarraba al búho y salía con él al encinar y el enorme pájaro, inmóvil, erguido sobre su antebrazo, oteaba los alrededores y, conforme oscurecía, levantaba un vuelo blando y silencioso y volvía, al poco rato, con una rata entre las uñas o un pinzón y allí mismo, junto al Azarías, devoraba su presa, mientras él le rascaba entre las orejas, y escuchaba los latidos de la sierra, el ladrido áspero y triste de la zorra en celo o el bramido de los venados del Coto de Santa Ángela, apareándose también, y, de cuando en cuando, le decía,

la zorra anda alta, milana, ¿oyes?,

y el búho le enfocaba sus redondas pupilas amarillas que fosforecían en las tinieblas, enderezaba lentamente las orejas y tornaba a comer y, ahora ya no, pero en tiempos se oía también el fúnebre ulular de los lobos en el piornal las noches de primavera, pero desde que llegaron los hombres de la luz e instalaron los postes del tendido eléctrico a lo largo de la ladera, no se volvieron a oír, y, a cambio, se sentía gritar al cárabo, a pausas periódicas, y el gran duque, en tales casos, erguía la enorme cabezota y empinaba las orejas y el Azarías venga de reír sordamente, sin ruido, sólo con las encías, y musitaba con voz empañada,

¿estás cobarde, milana?, mañana salgo a correr el cárabo,

y, dicho y hecho, al día siguiente, con el crepúsculo, salía solo sierra adelante, abriéndose paso entre la jara florecida y los tamujos y la montera, porque el cárabo ejercía sobre el Azarías la extraña fascinación del abismo, una suerte de atracción enervada por el pánico, de tal manera que, al detenerse en plena moheda, oía claramente los rudos golpes de su corazón y, entonces, esperaba un rato para tomar aliento y serenar su espíritu y, al cabo, voceaba,

¡eh!, ¡eh!,

citándole, citando al cárabo, y, seguidamente, aguzaba el oído aguardando respuesta, mientras la luna asomaba tras un celaje e inundaba el paisaje de una irreal fosforescencia poblada de sombras, y él, un tanto amilanado, hacía bocina con sus manos y repetía desafiante,

¡eh!, ¡eh!,

hasta que, súbitamente, veinte metros más abajo, desde una encina corpulenta, le llegaba el anhelado y espeluznante aullido,

¡buhú, buhú!,

y, al oírlo, el Azarías perdía la noción del tiempo, la conciencia de sí mismo, y rompía a correr enloquecido, arruando, hollando los piornos, arañándose el rostro con las ramas más bajas de los madroños y los alcornoques y, tras él, implacable, saltando blandamente de árbol en árbol, el cárabo, aullando y carcajeándose y, cada vez que reía, al Azarías se le dilataban las pupilas y se le erizaba la piel y recordaba a la milana en la cuadra, y apremiaba aún más el paso y el cárabo a sus espaldas tornaba a aullar y a reír y el Azarías corría y corría, tropezaba, caía y se levantaba, sin volver jamás la cabeza y, al llegar, jadeante, a la dehesa, la Lupe, la Porquera, se santiguaba,

¿de dónde te vienes, di?,

y el Azarías sonreía tenuemente, como un chiquillo cogido en falta, y,

de correr el cárabo, que yo digo,

decía, y ella comentaba,

¡Jesús qué juegos!, te has puesto la cara como un Santo Cristo,

pero él ya andaba en la cuadra, restañándose la sangre de los rasguños con la bayeta, quieto, escuchando los dolorosos golpes de su corazón, la boca entreabierta, sonriendo al vacío, babeando, y, al cabo de un rato, ya más sereno, se llegaba al tabuco de la milana, agachado, sin meter ruido, y, súbitamente, se asomaba al ventano y hacía,

¡uuuuuh!,

y el búho revolaba hasta la peana y le miraba a los ojos, ladeando la cabeza, y entonces el Azarías le decía muy ufano,

anduve corriendo el cárabo,

y el animal enderezaba las orejas y tableteaba con el pico, como si lo celebrara, y él,

buena carrera le di,

y empezaba a reír por lo bajo, siseando, sintiéndose protegido por las bardas del cortijo, y así una vez tras otra, una primavera tras otra, hasta que una noche, vencido mayo, se arrimó a los barrotes del tabuco y dijo como de costumbre,

¡uuuuuh!,

pero el gran duque no acudió a la llamada, y, entonces, el Azarías se sorprendió e hizo de nuevo,

¡uuuuuh!,

pero el gran duque no acudió a la llamada, y el Azarías,

¡uuuuuh!,

terco, por tercera vez, pero, dentro del tabuco, ni un ruido, con lo que el Azarías empujó la puerta, prendió el aladino y se encontró al búho engurruñido en un rincón y, al mostrarle la picaza desplumada, el búho ni ademán y, entonces, el Azarías dejó la pega en el suelo y se sentó junto a él, lo tomó delicadamente por las alas y lo arrimó a su calor, rascándole insistentemente en el entrecejo y diciéndole con ternura,

milana bonita,

mas el pájaro no reaccionaba a los habituales estímulos, con lo cual el Azarías lo depositó sobre la paja, salió y preguntó por el señorito,

la milana está enferma, señorito, te tiene calen-
    tura,
le informó, y el señorito,
    ¡qué le vamos a hacer, Azarías! Está vieja ya,
    habrá que buscar un pollo nuevo,
y el Azarías, desolado,
    pero es la milana, señorito,
y el señorito, los ojos adormilados,
    ¿y dime tú, qué lo mismo da un pájaro que
    otro?,
y el Azarías, implorante,
    ¿autoriza el señorito que dé razón al Mago del
    Almendral?,
y el señorito adelantó indolentemente su hombro
izquierdo,
    ¿al Mago?, muy gastoso te sales tú, Azarías, si
    por un pájaro tuviéramos que llamar al Mago,
    ¿adónde iríamos a parar?,
y, tras su reproche, una carcajada, como el cárabo, que al Azarías se le puso la carne de gallina y,
    señorito, no se ría así, por sus muertos se lo
    pido,
y el señorito,
    ¿es que tampoco me puedo reír en mi casa?,
y otra carcajada, como el cárabo, cada vez más recias, y, a sus risas estentóreas, acudieron la señorita, la Lupe, Dacio, el Porquero, Dámaso y las mu-

chachas de los pastores, y todos en el zaguán reían
a coro, como cárabos, y la Lupe,

pues no está llorando el zascandil de él por ese
pájaro apestoso,

y el Azarías,

la milana te tiene calentura y el señorito no au-
toriza a que dé razón al Mago del Almendral,

y, venga, otra carcajada, y otra, hasta que, finalmente, el Azarías, desconcertado, echó a correr,
salió al patio y se orinó las manos y, después, entró en la cuadra, se sentó en el suelo y se puso a
contar en voz alta los tapones de las válvulas tratando de serenarse,

una, dos, tres, cuatro, cinco, seis, siete, ocho,
nueve, diez, once, cuarenta y tres, cuarenta y
cuatro, cuarenta y cinco,

hasta que se sintió más relajado, se puso un saco
por cabezal y durmió una siesta y, así que amaneció Dios, se arrimó quedamente a la reja del tabuco e hizo,

¡uuuuuh!,

pero nadie respondió, y, entonces, el Azarías empujó la puerta y divisó al búho en el rincón donde
lo dejara la víspera, pero caído y rígido, y el Azarías se llegó a él con pasitos cortos, lo cogió por el
extremo de un ala, se abrió la chaqueta, la cruzó
sobre el pájaro y dijo con voz quebrada,

milana bonita,

pero el gran duque ni abría los ojos, ni castañeteaba con el pico, ni nada, ante lo cual el Azarías atravesó el patio, se llegó al portón y descorrió el cerrojo, y a sus chirridos salió la Lupe, la de Dacio,

¿qué es lo que te se ha puesto ahora en la cabeza, Azarías?

y el Azarías,

me marcho donde mi hermana,

y, sin más, salió y, a paso rápido, sin sentir los guijos ni las gatuñas en las plantas de los pies, franqueó el encinar, el piornal y la vaguada, oprimiendo dulcemente el cadáver del pájaro contra su pecho y, así que le puso la vista encima, la Régula,

¿otra vez por aquí?,

y el Azarías,

¿y los muchachos?,

y ella,

en la escuela están,

y el Azarías,

¿es que no hay nadie en la casa?,

y ella,

ae, la Niña Chica está,

y en ese momento, la Régula reparó en el bulto que arropaba el Azarías contra el pecho, le abrió las puntas de la chaqueta y el cadáver del pajarraco cayó sobre los baldosines rojos y ella, la Régula, dio un grito histérico y,

ya estás sacando de casa esa carroña, ¿me
oyes?,
dijo, y el Azarías, sumisamente, recogió el pájaro
y lo dejó fuera, en el poyo, volvió a entrar en la
casa y salió con la Niña Chica, acunándola en el
brazo derecho, y la Niña Chica volvía sus ojos ex-
traviados sin fijarlos en nada, y él, el Azarías, cogió a la milana por una pata y una azuela con la
mano izquierda, y la Régula,
    ¿dónde vas con esas trazas?,
y el Azarías,
    a hacer el entierro, que yo digo,
y, en el trayecto, la Niña Chica emitió uno de
aquellos interminables berridos lastimeros que
helaban la sangre de cualquiera, pero el Azarías
no se inmutó, alcanzó el rodapié de la ladera, depositó a la criatura a la fresca, entre unas jaras, se
quitó la chaqueta y en un periquete cavó una hoya
profunda en la base de un alcornoque, depositó
en ella al pájaro y, acto seguido, empujando la tierra con la azuela, cegó el agujero y se quedó mirando para el túmulo, los pies descalzos, el remendado pantalón en las corvas, la boca entreabierta, y, al cabo de un rato, sus pupilas se volvieron hacia la Niña Chica, cuya cabeza se ladeaba,
como desarticulada, y sus ojos desleídos se entre-
cruzaban y miraban al vacío sin fijarse en nada, y

el Azarías se agachó, la tomó en sus brazos, se sentó al borde del talud, junto a la tierra removida, la oprimió contra sí y musitó,

milana bonita,

y empezó a rascarla insistentemente con el índice de la mano derecha los pelos del colodrillo, mientras la Niña Chica, indiferente, se dejaba hacer.

Libro segundo

Libro Segundo

Paco, el Bajo

Si hubieran vivido siempre en el Cortijo quizá las cosas se hubieran producido de otra manera, pero a Crespo, el Guarda Mayor, le gustaba adelantar a uno en la Raya de lo de Abendújar por si las moscas y a Paco, el Bajo, como quien dice, le tocó la china, y no es que le incomodase por él, que a él, al fin y al cabo, lo mismo le daba un sitio que otro, pero sí por los muchachos, a ver, por la escuela, que con la Charito, la Niña Chica, tenían bastante y le decían la Niña Chica a la Charito aunque, en puridad, fuese la niña mayor, por los chiquilines, natural,

madre, ¿por qué no habla la Charito?,

¿por qué no se anda la Charito, madre?,

¿por qué la Charito se ensucia las bragas?, preguntaban a cada paso, y ella, la Régula, o él, o los dos a coro,

pues porque es muy chica la Charito,

a ver, por contestar algo, ¿qué otra cosa podían decirles?, pero Paco, el Bajo, aspiraba a que los muchachos se ilustrasen, que el Hachemita aseguraba en Cordovilla que los muchachos podían salir de pobres con una pizca de conocimientos, e incluso la propia señora Marquesa, con objeto de erradicar el analfabetismo del cortijo, hizo venir durante tres veranos consecutivos a dos señoritos de la ciudad para que, al terminar las faenas cotidianas, les juntasen a todos en el porche de la corralada, a los pastores, a los porqueros, a los apaleadores, a los muleros, a los gañanes y a los guardas, y allí, a la cruda luz del aladino, con los moscones y las polillas bordoneando alrededor, les enseñasen las letras y sus mil misteriosas combinaciones, y los pastores, y los porqueros, y los apaleadores, y los gañanes y los muleros, cuando les preguntaban, decían,

la B con la A hace BA, y la C con la A hace ZA, y, entonces, los señoritos de la ciudad, el señorito Gabriel y el señorito Lucas, les corregían y les desvelaban las trampas, y les decían,

pues no, la C con la A, hace KA, y la C con la I hace CI y la C con la E hace CE y la C con la O hace KO,

y los porqueros, y los pastores, y los muleros, y los gañanes y los guardas se decían entre sí desconcertados,

también te tienen unas cosas, parece como que a los señoritos les gustase embromarnos,

pero no osaban levantar la voz, hasta que una noche, Paco, el Bajo, se tomó dos copas, se encaró
con el señorito alto, el de las entradas, el de su
grupo, y, ahuecando los orificios de su chata nariz (por donde, al decir del señorito Iván, los días
que estaba de buen talante, se le veían los sesos),
preguntó,

señorito Lucas, y ¿a cuento de qué esos capri-
chos?,

y el señorito Lucas rompió a reír y a reír con unas
carcajadas rojas, incontroladas, y, al fin, cuando
se calmó un poco, se limpió los ojos con el pañuelo y dijo,

es la gramática, oye, el porqué pregúntaselo a
los académicos,

y no aclaró más, pero, bien mirado, eso no era
más que el comienzo, que una tarde llegó la G y
el señorito Lucas les dijo,

la G con la A hace GA, pero la G con I hace JI,
como la risa,

y Paco, el Bajo, se enojó, que eso ya era por demás, coño, que ellos eran ignorantes pero no ton-
tos, y a cuento de qué la E y la I habían de llevar
siempre trato de favor, y el señorito Lucas venga
de reír, que se desternillaba el hombre de la risa
que le daba, una risa espasmódica y nerviosa, y,
como de costumbre, que él era un don nadie y que
ésas eran reglas de la gramática y que él nada po-

día contra las reglas de la gramática, pero que, en última instancia, si se sentían defraudados, escribiesen a los académicos, puesto que él se limitaba a exponerles las cosas tal como eran, sin el menor espíritu analítico, pero a Paco, el Bajo, estos despropósitos le desazonaban y su indignación llegó al colmo cuando, una noche, el señorito Lucas les dibujó con primor una H mayúscula en el encerado y, después de dar fuertes palmadas para recabar su atención e imponer silencio, advirtió,

mucho cuidado con esta letra; esta letra es un caso insólito, no tiene precedentes, amigos; esta letra es muda,

y Paco, el Bajo, pensó para sus adentros, mira, como la Charito, que la Charito, la Niña Chica, nunca decía esta boca es mía, que no se hablaba la Charito, que únicamente, de vez en cuando, emitía un gemido lastimero que conmovía la casa hasta sus cimientos, pero ante la manifestación del señorito Lucas, Facundo, el Porquero, cruzó sus manazas sobre su estómago prominente y dijo,

¿qué se quiere decir con eso de que es muda?, te pones a ver y tampoco las otras hablan si nosotros no las prestamos la voz,

y el señorito Lucas, el alto, el de las entradas,

que no suena, vaya, que es como si no estuvie-
ra, no pinta nada,
y Facundo, el Porquero, sin alterar su postura
abacial,
ésta sí que es buena, y ¿para qué se pone entonces?,
y el señorito Lucas,
cuestión de estética,
reconoció,
únicamente para adornar las palabras, para evitar que la vocal que la sigue quede desampara-
da, pero eso sí, aquel que no acierte a colocarla
en su sitio incurrirá en falta de lesa gramática,
y Paco, el Bajo, hecho un lío, cada vez más con-
fundido, mas, a la mañana, ensillaba la yegua y a
vigilar la linde, que era lo suyo, aunque desde
que el señorito Lucas empezó con aquello de las
letras se transformó, que andaba como ensimis-
mado el hombre, sin acertar a pensar en otra cosa,
y en cuanto se alejaba una galopada del cortijo,
descabalgaba, se sentaba al sombrajo de un madroño y a cavilar, y cuando las ideas se le enreda-
ban en la cabeza unas con otras como las cerezas,
recurría a los guijos, y los guijos blancos eran la E y
la I, y los grises eran la A, la O y la U, y, entonces,
se liaba a hacer combinaciones para ver cómo tenían que sonar las unas y las otras, pero no se aclaraba y, a la noche, confiaba sus dudas a la Régula, en

el jergón e, insensiblemente, de unas cosas pasaba a otras, y la Régula,

para quieto, Paco, el Rogelio anda desvelado, y si Paco, el Bajo, insistía, ella,

ae, para quieto, ya no estamos para juegos, y, de súbito, sonaba el desgarrado berrido de la Niña Chica y Paco se inutilizaba, pensando que algún mal oculto debía de tener él en los bajos para haber engendrado una muchacha inútil y muda como la hache, que menos mal que la Nieves era espabilada, que a la Nieves él se había resistido a bautizarla con este nombre tan blanco, no le pegaba, vaya, siendo él tan cetrino y albazano, y hubiera preferido llamarla Herminia, como la abuela, o por otro nombre cualquiera, pero el verano aquel picaba un sol de justicia y don Pedro, el Périto, porfiaba que las temperaturas ni de noche bajaban de treinta y cinco grados, y que qué veranito, madre, que no se recordaba otro semejante, que se achicharraban hasta los pájaros, y la Régula, de por sí fogosa, plañía,

¡ay Virgen, qué calentura!, y que no corre una miaja de brisa ni de día ni de noche,

y después de abanicarse un rato cansinamente con un paipai, moviendo únicamente la falange del pulgar derecho, plano y aplastado como una espátula, añadía,

esto es un castigo, Paco, y yo le voy a pedir a la

Virgen de las Nieves que termine este castigo, pero la canícula no cedía y un domingo, sin comunicárselo a nadie, se llegó al Almendral, donde el Mago, y, a la vuelta, le dijo a Paco,

Paco, el Mago me ha dicho que si esta barriga es hembra le diga Nieves, no vaya a ser que, por contrariar mi deseo, me salga la cría con un antojo,

y Paco recordó a la Niña Chica y se avino,

pues bueno, que sea Nieves,

pero la Nieves, que desde mocosa limpiaba la porquería de la impedida y le lavaba las bragas, no llegó a asistir a la escuela del Patronato porque por aquel entonces andaban ya en la Raya de lo de Abendújar y Paco, el Bajo, cada mañana, antes de ensillar, enseñaba a la muchacha cómo hacía la B con la A y la C con la A y la C con la I, y la muchacha, que era muy avispada, así que llegó la Z y le dijo,

la Z con la I hace CI,

respondió sin vacilar,

esa letra está de más, padre, para eso está la C,

y Paco, el Bajo, reía y procuraba inflar la risa, solemnizarla, remedando las carcajadas del señorito Lucas,

eso cuéntaselo a los académicos,

y, por las noches, implado de satisfacción, le decía a la Régula, la muchacha esta ve crecer la hierba,

y la Régula, que ya por aquellos entonces se le había puesto pechugona, comentaba,

a ver, saca el talento suyo y el de la otra,

y Paco,

¿qué otra?,

y la Régula, sin perder su flema habitual,

ae, la Niña Chica, ¿en qué estás pensando, Paco?,

y Paco,

tu talento saca,

y empezaba a salirse del tiesto, y ella,

ae, ponte quieto, Paco, los talentos no están ahí,

y Paco, el Bajo, dale, engolosinado, hasta que, inopinadamente, el bramido de la Niña Chica rasgaba el silencio de la noche y Paco se quedaba inmóvil, desarmado, y, finalmente, decía,

Dios te guarde, Régula, y que descanses,

y, con los años, se le iba tomando ley a la Raya de lo de Abendújar, y al chamizo blanco con el emparrado, y al somero cobertizo, y al pozo, y al gigantesco alcornoque sombreándolo, y al rebaño de canchos grises desparramados por las primeras estribaciones, y al arroyo de aguas tibias con los galápagos emperezados en las orillas, pero una mañana de octubre, Paco, el Bajo, salió a la puerta, como todas las mañanas, y, nada más salir, levantó la cabeza, distendió las aletillas de la nariz y,

se acerca un caballo,

dijo, y la Régula, a su lado, se protegió los ojos con la mano derecha a modo de visera y miró hacia el carril,

ae, no se ve alma, Paco,

mas Paco, el Bajo, continuaba olfateando, como un sabueso,

el Crespo es, si no me equivoco,

agregó, porque Paco, el Bajo, al decir del señorito Iván, tenía la nariz más fina que un pointer, que venteaba de largo, y, en efecto, no había transcurrido un cuarto de hora cuando se presentó en la Raya Crespo, el Guarda Mayor,

Paco, lía el petate que te vuelves al Cortijo,

le dijo sin más preámbulos, y Paco,

y ¿eso?,

que Crespo,

don Pedro, el Périto, lo ordenó, a mediodía bajará el Lucio, tú ya cumpliste,

y, con la fresca, Paco y la Régula amontonaron los enseres en el carromato y emprendieron el regreso y, en lo alto, acomodados entre los jergones de borra, iban los muchachos y, en la trasera, la Régula con la Niña Chica, que no cesaba de gritar y se le caía la cabeza, ora de un lado, ora del otro, y sus flacas piernecitas inertes asomaban bajo la

45

bata, y Paco, el Bajo, montado en su yegua pía, les daba escolta, velando orgullosamente la reta-guardia, y le decía a la Régula, elevando mucho el tono de voz para dominar el tantarantán de las ruedas en los relejes, entre bramido y bramido de la Niña Chica,

ahora la Nieves nos entrará en la escuela y Dios sabe dónde puede llegar con lo espabila-da que es,

y la Régula,

ae, ya veremos,

y, desde su altura majestuosa, añadía Paco, el Bajo,

los muchachos ya te tienen edad de trabajar, serán una ayuda para la casa,

y la Régula,

ae, ya veremos,

y continuaba Paco, el Bajo, exaltado con el tra-queteo y la novedad,

lo mismo la casa nueva te tiene una pieza más y podemos volver a ser jóvenes,

y la Régula suspiraba, acunaba a la Niña Chica y le espantaba los mosquitos a manotazos, mien-tras, por encima del carril, sobre los negros enci-nares, se encendían una a una las estrellas y la Ré-gula miraba a lo alto, tornaba a suspirar y decía,

ae, para volver a ser jóvenes tendría que callar ésta,

y una vez que llegaron al Cortijo, Crespo, el Guarda Mayor, les aguardaba al pie de la vieja casa, la misma que abandonaron cinco años atrás, con el poyo junto a la puerta, todo a lo largo de la fachada, y los escuálidos arriates de geranios y, en medio, el sauce de sombra caliente, y Paco lo miró todo apesadumbrado y meneó la cabeza de un lado a otro y, al cabo, bajó los ojos,

¡qué le vamos a hacer!,

dijo resignadamente,

estaría de Dios,

y, poco más allá, dando órdenes, andaba don Pedro, el Périto, y,

buenas noches, don Pedro, aquí estamos de nuevo para lo que guste mandar,

buenas noches nos dé Dios, Paco, ¿sin novedad en la Raya?

y Paco,

sin novedad, don Pedro,

y, conforme descargaban, don Pedro les iba siguiendo del carro a la puerta y de la puerta al carro,

digo, Régula, que tú habrás de atender al portón, como antaño, y quitar la tranca así que sientas el coche, que ya te sabes que ni la señora ni el señorito Iván avisan y no les gusta esperar,

y la Régula,

ae, a mandar, don Pedro, para eso estamos,
y don Pedro,

de amanecida soltarás los pavos y rascarás los
aseladeros, que si no no hay Dios que aguante
con este olor, qué peste, y ya te sabes que la señora es buena pero le gustan las cosas en su sitio,

y la Régula,

ae, a mandar, don Pedro, para eso estamos,
y don Pedro, el Périto, continuó dándole instrucciones, que no paraba de darle instrucciones y, al
concluir, ladeó la cabeza, se mordió la mejilla izquierda y quedó como atorado, como si omitiera
algún extremo importante, y la Régula, sumisamente,

¿alguna cosa más, don Pedro?,
y don Pedro, el Périto, se mordisqueaba nerviosamente la mejilla y volvía los ojos para la Nieves
pero no decía nada y, al fin, cuando parecía que
iba a marcharse sin despegar los labios, se volvió
bruscamente hacia la Régula,

esto es cosa aparte, Régula,
balbuceó,

en realidad éstas son cosas para tratar entre
mujeres, pero...,

y la pausa se hizo más profunda, hasta que la Régula, sumisamente,

usted dirá, don Pedro,

y don Pedro,

    me refiero a la niña, Régula, que la niña bien
    podría ponerle una manita en casa a mi seño-
    ra, que, bien mirado, ella está cobarde para las
    cosas del hogar,

sonrió acremente,

    no le petan sus labores, vaya, y la niña ya está
    crecida, que hay que ver cómo ha empollinado
    la niña esta en poco tiempo,

y, según hablaba don Pedro, el Périto, Paco, el
Bajo, se iba desinflando como un globo, como su
virilidad cuando gritaba en la alta noche la Niña
Chica, y miró para la Régula, y la Régula miró
para Paco, el Bajo, y al cabo, Paco, el Bajo, ahuecó los orificios de la nariz, encogió los hombros y
dijo,

    lo que usted mande, don Pedro, para eso esta-
    mos,

y, súbitamente, sin venir a cuento, a don Pedro, el
Périto, se le dilataron las pupilas y empezó a des-
barrar, como si quisiera ocultarse bajo el alud de
sus propias palabras, que no paraba, que,

    ahora todos te quieren ser señoritos, Paco, ya
    lo sabes, que ya no es como antes, que hoy na-
    die quiere mancharse las manos, y unos a la ca-
    pital y otros al extranjero, donde sea, el caso es
    no parar, la moda, ya ves tú, que se piensan
    que con eso han resuelto el problema, imagi-

na, que luego resulta que, a lo mejor, van a pasar hambre o a morirse de aburrimiento, vete a
saber, que otra cosa, no, pero a la niña, en
casa, no le ha de faltar nada, no es porque yo
lo diga...,

y la Régula y Paco, el Bajo, asentían con la cabeza, e intercambiaban furtivas miradas cómplices,
pero don Pedro, el Périto, no reparaba en ello,
que estaba muy excitado don Pedro, el Périto,

y siendo de vuestra conformidad, mañana a la
mañana aguardamos a la niña en casa, y para
que no la echéis en falta y ella no se imple, que
ya sabemos todos cómo se las gastan los muchachos ahora, por las noches puede dormir
aquí,

y, después de muchas gesticulaciones y aspavientos, don Pedro se marchó y la Régula y Paco, el
Bajo, empezaron a instalar sus enseres en silencio, y después cenaron y, al concluir la cena, se
sentaron junto al fuego y, en ese momento, irrum-
pió Facundo, el Porquero,

también te tienes coraje, Paco, en la Casa de
Arriba no te para ni Dios, que ya conoces a
doña Purita, que parece como que la pin-
charan con alfileres, lo histérica, que ni él la
aguanta,

dijo, mas, como ni la Régula ni Paco, el Bajo, re-
plicaran, Facundo se apresuró a añadir,

no la conoces, Paco, si no me crees pregúntale
a la Pepa, que anduvo allí,
pero la Régula y Paco continuaban mudos y, en
vista de ello, Facundo, el Porquero, dio media
vuelta y se marchó, y, a la mañana, la Nieves se
presentó puntualmente en la Casa de Arriba, y al
otro día lo mismo, hasta que esto se hizo una costumbre y empezaron a transcurrir insensiblemente los días, y, así que llegó mayo, se presentó
un día el Carlos Alberto, el mayor del señorito
Iván, a hacer la Comunión en la capilla del Cortijo y dos días después, tras muchos preparativos,
la señora Marquesa con el Obispo en el coche
grande, y la Régula, así que abrió el portón, se
quedó deslumbrada ante la púrpura, sin saber
qué partido tomar, a ver, que, en principio, en
pleno desconcierto, dio dos cabezadas, hizo una
genuflexión y se santiguó, pero la señora Marquesa le apuntó desde su altura inabordable,
el anillo, Régula, el anillo,
y fue ella, entonces, la Régula, y se comió a besos
el anillo pastoral, mientras el Obispo sonreía y
apartaba la mano discretamente, y, azorado, atra-
vesaba los arriates restallantes de flores y pene-
traba en la Casa Grande, entre las reverencias de
los porqueros y los gañanes y, al día siguiente, se
celebró la fiesta por todo lo alto, y, después de la
ceremonia religiosa en la pequeña capilla, el per-

sonal se reunió en la corralada, a comer chocolate con migas y,

   ¡que viva el señorito Carlos Alberto!,
y,

   ¡que viva la señora!,
exultaban, pero la Nieves no pudo asistir porque andaba sirviendo a los invitados en la Casa Grande, y lo hacía con gran propiedad, que retiraba los platos sucios con la mano izquierda y los renovaba con la derecha, y a la hora de ofrecer las fuentes se inclinaba levemente sobre el hombro izquierdo del comensal, el antebrazo derecho a la espalda, esbozando una sonrisa, todo con tal garbo y discreción que la señora se fijó en ella y le preguntó a don Pedro, el Périto, de dónde había sacado aquella alhaja, y don Pedro, el Périto, sorprendido,

   la de Paco, el Bajo, es, el guarda, el secretario de Iván, el que anduvo hasta hace unos meses en la Raya de lo de Abendújar, la menor, que se ha empollinado de repente,
y la señora,

   ¿la de Régula?,
y don Pedro, el Périto,

   exactamente, la de Régula, Purita la desasnó en cuatro semanas, la niña es espabilada,
y la señora no le quitaba ojo a la Nieves, observaba cada uno de sus movimientos, y, en una de éstas, le dijo a su hija,

Miriam, ¿te has fijado en esa muchacha?, ¡qué
planta, qué modales!, puliéndola un poco haría una buena primera doncella,
y la señorita Miriam miraba a la Nieves con disi-
mulo,
verdaderamente, la chica no está mal,
dijo,
si es caso, para mi gusto, una pizca de más de
aquí,
y se señalaba el pecho, pero la Nieves, sofocada,
ajena a todo, se sentía transfigurada por la pre-
sencia del niño, el Carlos Alberto, tan rubio, tan
majo, con su traje blanco de marinero, y su rosa-
rio blanco y su misalito blanco, de manera que, al
servirle, le sonreía extasiada, como si sonriera a
un arcángel, y, a la noche, tan pronto llegó a casa,
aunque se encontraba tronzada por el ajetreo del
día, le dijo a Paco, el Bajo,
padre, yo quiero hacer la Comunión,
pero imperativamente, que Paco, el Bajo, se so-
bresaltó,
¿qué dices?,
y ella, obstinada,
que quiero hacer la Comunión, padre,
y Paco, el Bajo, se llevó las dos manos a la gorra
como si pretendiera sujetarse la cabeza,
habrá que hablar con don Pedro, niña,
y don Pedro, el Périto, al oír en boca de Paco, el

Bajo, la pretensión de la chica, rompió a reír, enfrentó la palma de una mano con la de la otra y le miró fijamente a los ojos,

¿con qué base, Paco?, vamos a ver, habla, ¿qué base tiene la niña para hacer la Comunión?; la Comunión no es un capricho, Paco, es un asunto demasiado serio como para tomarlo a broma,

y Paco, el Bajo, humilló la cerviz,

si usted lo dice,

pero la Nieves se mostraba terca, no se resignaba y, en vista de la actitud pasiva de don Pedro, el Périto, apeló a doña Purita,

señorita, he cumplido catorce años y siento por aquí dentro como unas ansias,

y, de primeras, doña Purita, la observó con estupor, y, luego, abrió una boca muy roja, muy recortada, levemente dentuna,

¡qué ocurrencias, niña!, ¿no será un zagal lo que tú te estás necesitando?,

y estalló en una risotada y repitió,

¡qué ocurrencias!,

y, desde entonces, el deseo de la Nieves se tomó en la Casa de Arriba y la Casa Grande como un despropósito, y se utilizaba como un recurso, y cada vez que llegaban invitados del señorito Iván y la conversación, por pitos o por flautas, languidecía o se atirantaba, doña Purita señalaba para la Nieves con su dedo índice, sonrosado, pulcrísimo, y exclamaba,

pues ahí tienen a la niña, ahora le ha dado con que quiere hacer la Comunión,

y, en torno a la gran mesa, una exclamación de asombro y miradas divertidas y un sostenido murmullo, como un revuelo, y, en la esquina, una risa sofocada, y, tan pronto salía la niña, el señorito Iván,

la culpa de todo la tiene este dichoso Concilio,

y algún invitado cesaba de comer y lo miraba fijo, como interrogándole, y, entonces, el señorito Iván se consideraba en el deber de explicar,

las ideas de esta gente, se obstinan en que se les trate como a personas y eso no puede ser, vosotros lo estáis viendo, pero la culpa no la tienen ellos, la culpa la tiene ese dichoso Concilio, que les malmete,

y en estos casos, y en otros semejantes, doña Purita entornaba lánguidamente sus ojos negros de rímel, se volvía hacia el señorito Iván y le rozaba con la punta de su nariz respingona el lóbulo de la oreja, y el señorito Iván se inclinaba sobre ella y se asomaba descaradamente al hermoso abismo de su escote y añadía por decir algo, por justificar de alguna manera su actitud,

¿qué opinas tú, Pura, tú los conoces?,

mas don Pedro, el Périto, casi enfrente, les observaba sin pestañear, se mordía la delgada mejilla, se descomponía y, una vez que se retiraban los invitados, y doña Purita y él se encontraban a solas en la Casa de Arriba, perdía el control,

te pones el sujetador de medio cuenco y te abres el escote únicamente cuando viene él, para provocarle, ¿o es que crees que me chupo el dedo?

balbucía, y, cada vez que regresaban de la ciudad, del cine o del teatro, la misma copla, antes de bajar del coche ya se sentían sus voces,

¡zorra, más que zorra!,

mas doña Purita canturreaba sin hacerle caso, se apeaba del coche y se ponía a hacer mohínes y pasos de baile en la escalinata, contoneándose, y decía mirando sus pies diminutos,

si Dios me ha dado estas gracias, no soy quién para avergonzarme de ellas,

y don Pedro, el Périto, la perseguía, los pómulos rojos, blancos los lóbulos de las orejas,

no se trata de lo que tienes, sino de lo que enseñas, que eres tú más espectáculo que el espectáculo,

y venga, y dale, y ella, doña Purita, jamás perdía la compostura, entraba en el gran vestíbulo, las manos en la cintura, balanceando exageradamente las caderas, sin cesar de canturrear, y él, entonces, cerraba de un portazo, se arrimaba a la panoplia y agarraba la fusta,

¡te voy a enseñar modales a ti!,

voceaba, y ella se detenía frente a él, cesaba de cantar y le miraba a los ojos firme, desafiante,

yo sé que no te atreverás, gallina, pero si un día me tocases con ese chisme ya puedes echarme un galgo,

decía, y tornaba a contonearse después de volverle la espalda y se encaminaba hacia sus habitaciones y él, detrás, gritaba y volvía a gritar, agitaba los brazos, pero más que gritos eran los suyos aullidos entrecortados, y, en el momento más agudo de la crisis, se le quebraba la voz, arrojaba la fusta sobre un mueble y rompía a sollozar y, entre hipo e hipo, gimoteaba,

gozas haciéndome sufrir, Pura, si hago lo que hago es por lo que te quiero,

pero doña Purita tornaba a sus mohínes y contoneos,

ya tenemos escenita,

decía, y, para distraerse, se encaraba con la gran luna del armario y se contemplaba en diversas posturas, ladeando la cabeza, agitando el cabello y sonriéndose cada vez con mayor generosidad hasta forzar las comisuras de los labios, mientras don Pedro, el Périto, se desplomaba de bruces sobre la colcha de la cama, ocultaba el rostro entre las manos y se arrancaba a llorar como una criatura, y la Nieves, que en más o en menos había sido testigo de la escena, recogía sus cosas y regresaba a casa pasito a paso, y si, por un azar, encontraba despierto a Paco, el Bajo, le decía,

buena la armaron esta noche, padre, la ha puesto pingando,

¿don Pedro?,

apuntaba, incrédulo, Paco, el Bajo,

don Pedro,

y Paco, el Bajo, se echaba ambas manos a la cabeza, como para sujetarla, como si se le fuera a volar, guiñaba los ojos y decía templando la voz,

niña, a ti estos pleitos de la Casa de Arriba ni te van ni te vienen, tú, allí, oír, ver y callar,

pero al día siguiente de una de estas trifulcas se celebró en el Cortijo la batida de los Santos, la más sonada, y don Pedro, el Périto, que era un tirador discreto, no acertaba una perdiz ni por cuanto hay, y el señorito Iván, en la pantalla contigua, que acababa de derribar cuatro pájaros de la misma barra, dos por delante y dos por detrás, comentaba sardónicamente con Paco, el Bajo,

si no lo veo, no lo creo; ¿cuándo acabará de aprender este marica?, le están entrando a huevo y no corta pluma, ¿te das cuenta, Paco?,

y Paco, el Bajo,

cómo no me voy a dar cuenta, señorito Iván, lo ve un ciego,

y el señorito Iván,

nunca fue un gran matador, pero yerra demasiado para ser normal, algo le sucede a este zoquete,

y Paco, el Bajo,

eso no, esto de la caza es una lotería, hoy bien y mañana mal, ya se sabe,

y el señorito Iván tomaba una y otra vez los puntos con prontitud, con sorprendente rapidez de reflejos, y entre pim-pam y pim-pam comentaba con la boca torcida, pegada a la culata de la escopeta,

una lotería hasta cierto punto, Paco, no nos engañemos, que los pájaros que le están entrando a ese marica los baja uno con la gorra,

y, a la tarde, en el almuerzo de la Casa Grande, doña Purita volvió a presentarse con el sujetador de medio cuenco y el generoso escote y venga de hacerle arrumacos al señorito Iván, sonrisa va, guiñito viene, mientras don Pedro, el Périto, se consumía en la esquina de la mesa sin saber qué partido tomar, y se mordía las flacas mejillas por dentro y, tan temblón andaba, que ni acertaba a manejar los cubiertos, y cuando ella, doña Purita, reclinó la cabeza sobre el hombro del señorito Iván y le hizo una carantoña y ambos empezaron a amartelarse, don Pedro, el Périto, el hombre, se medio incorporó, levantó el brazo, apuntó con el dedo y voceó tratando de concentrar la atención de todos,

¡pues ahí tienen a la niña, que ahora le ha
dado con que quiere hacer la Comunión!,

y a la Nieves, que retiraba el servicio en ese momento, le dio una vuelta así el estómago y le subió
el sofoco y vaciló, pero sonrió con una mueca
complaciente, a pesar de que don Pedro, el Périto, continuaba señalándola implacable con su
dedo acusador y voceando como un loco, fuera
de sí, mientras los demás reían,

¡que no se te suba el pavo, niña, no vayas a hacer cacharros!,

hasta que la señorita Miriam, compadecida, terció,

y ¿qué mal hay en ello?,

y don Pedro, el Périto, más aplacado, bajó la cabeza y dijo, en un murmullo, moviendo apenas
un lado del bigote,

por favor, Miriam, esta chiquita no sabe nada
de nada y en cuanto a su padre, no tiene más
alcances que un guarro, ¿qué clase de Comunión puede hacer?,

y la señorita Miriam estiró el cuello, levantó la cabeza y dijo como sorprendida,

y entre tanta gente, ¿es posible que no haya
una persona capaz de prepararla?,

y miraba fijamente a doña Purita, del otro lado
de la mesa, pero fue don Pedro, el Périto, el que
se quedó cortado y, a la noche, ya en la Casa de
Arriba, le dijo, como de pasada, a la Nieves,

no te habrás enojado conmigo por lo de esta tarde, ¿verdad, niña?, no fue más que una broma,

pero no pensaba en lo que decía, porque hablaba a la Nieves pero se iba derecho a doña Purita y, al llegar a su altura, se le achicaron los ojos, se le atirantaron las mejillas, le puso las manos temblorosas en los frágiles hombros desnudos y dijo,

¿puede saberse qué te propones?,

pero doña Purita se desasió con un movimiento desdeñoso, dio media vuelta y empezó con sus mohínes y sus canturreos y don Pedro, el Périto, fuera de sí, agarró una vez más la fusta de la panoplia y se fue tras ella,

¡esto sí que no te lo perdono, cacho zorra!,

voceó, y su furor era tanto que se le atragantaban las palabras, pero, a los pocos minutos de entrar en la alcoba, la Nieves, como de costumbre, le sintió derrumbarse en la cama y sollozar sofocadamente contra la almohada.

Libro tercero

La milana

Y, en éstas, se presentó en el Cortijo el Azarías, y la
Régula le dio los días y le tendió el saco de paja junto a la cocina como era habitual, pero el Azarías ni
la miraba, se implaba y rutaba y hacía como si mas-
ticara algo sin nada en la boca y su hermana,

    ¿te pasa algo, Azarías, no estarás enfermo?,
y el Azarías, la vacua mirada en el fuego, gruñía y
juntaba las encías desdentadas, y la Régula,

    ae, no te se habrá muerto la otra milana que tú
    dices, ¿verdad, Azarías?,
y tras mucho porfiar, el Azarías,

    el señorito me ha despedido,
y la Régula,

    ¿el señorito?,
y el Azarías,

    dice que ya estoy viejo,
y la Régula,

    ae, eso no puede decírtelo tu señorito, si te pu-
    siste viejo, a su lado ha sido,

y el Azarías,

    yo tengo un año más que el señorito,

y rutaba y mascaba la nada, sentado en el taburete, acodado en los muslos, la cabeza entre las manos, la mirada huera, fija en el hogar, pero, inopinadamente, se oyó el alarido de la Niña Chica y los ojos del Azarías se iluminaron, y sus labios se distendieron en una sonrisa babeante, y le dijo a su hermana,

    arrímame a la Niña Chica, anda,

y la Régula,

    ae, estará sucia,

y el Azarías,

    alcánzame a la Niña Chica,

y, ante su insistencia, la Régula se incorporó y regresó con la Charito, cuyo cuerpo no abultaba lo que una liebre y cuyas piernecitas se doblaban como las de una muñeca de trapo, como si estuvieran deshuesadas, pero el Azarías la tomó con dedos trémulos, la acomodó en el regazo, sujetó delicadamente su cabecita desarticulada contra su brazo fornido, bajo el sobaco, y comenzó a rascarle suavemente en el entrecejo mientras musitaba,

    milana bonita, milana bonita...,

y así que regresó Paco, el Bajo, del recorrido de la tarde, la Régula salió a su encuentro,

    ae, tenemos visita, Paco, ¿a que no sabes quién te vino?

y Paco, el Bajo, olfateó un momento y dijo,

tu hermano vino,
y ella,
 justo, pero esta vez no por una noche, ni por
 dos, sino para quedarse, él dice que el señorito
 le ha despedido, vete a saber, habrá que infor-
 marse,
y a la mañana siguiente, conforme amaneció Dios,
Paco, el Bajo, ensilló la yegua y, a galope tendido,
franqueó la vaguada, el monte de chaparros y el
jaral y se presentó, escoltado por los aullidos de
los mastines, en el cortijo del señorito del Azarías, pero el señorito descansaba y Paco, el Bajo,
se apeó y se puso un rato de cháchara con la Lupe,
la de Dacio, el Porquero,
 un piojoso, eso es lo que es, todo el tabuco lle-
 no de mierda y, por si fuera poco, se orina las
 manos, será desahogado,
y Paco, el Bajo, asentía, pero,
 eso no es nuevo, Lupe,
y la Lupe,
 nuevo no es, pero, a la larga, cansa,
con su interminable letanía de lamentaciones, y
así hasta que apareció el señorito y Paco, el Bajo,
entonces, se puso en pie, como era de ley,
 buenas,
 buenas nos las dé Dios, señorito,
y se descubrió y empezó a darle vueltas y vueltas
a la gorra entre las manos, como si le estorbase, y,
al cabo,

señorito, el Azarías dice que usted le despidió,
ya ve qué cosas, después de los años,
que el señorito,
vamos a ver si nos entendemos, ¿quién eres
tú?, ¿quién te dio a ti vela en este entierro?,
y Paco, el Bajo, acobardado,
excuse, el hermano político del Azarías, el del
Pilón, donde la señora Marquesa, un manda-
do de Crespo, el Guarda Mayor, para que me
entienda,
y el señorito del Azarías,
¡ah, ya!,
y movía lentamente la cabeza, afirmando, los ojos
cerrados, como pensativo, y, al fin, admitió,
pues el Azarías no miente, que es cierto que le
despedí, tú me dirás, un tipo que se orina las
manos, yo no puedo comerme una pitorra que
él haya desplumado, ¿te das cuenta?, ¡con las
manos meadas!, eso es una cochinada y, dime
tú, si no me pela las pitorras ¿qué servicio me
hace en el cortijo un carcamal como él que no
tiene nada de aquí?,
y se señalaba la frente, se hincaba con fuerza un
dedo en la frente, y Paco, el Bajo, los ojos en las
puntas de sus botas, continuaba girando la gorra
entre las manos, así, sobre la parte, y, al fin, juntó
valor y,
razón, bien mirado, no le falta, señorito, pero

hágase cuenta, mi cuñado echó los dientes aquí, que para San Eutiquio sesenta y un años, que se dice pronto, de chiquilín, como quien dice...,

pero el señorito agitó una mano y le interrumpió,
todo lo que quieras, tú, menos levantarme la voz, sólo faltaría, que si a tu cuñado le aguanté sesenta y un años lo que merezco es un premio, ¿oyes?, que buenos están los tiempos para acoger de caridad a un anormal que se hace todo por los rincones, y, por si fuera poco, se orina las manos antes de pelarme las pitorras, una repugnancia, eso es lo que es,

y Paco, el Bajo, sin dejar de dar vueltas a la gorra, asentía, cada vez más tenuemente,
si me hago cargo, señorito, pero ya ve, allí, en casa, dos piezas, con cuatro muchachos, ni rebullirnos...,

y el señorito,
todo lo que quieras, tú, pero lo mío no es un asilo y para situaciones así está la familia, ¿o no?,

y Paco, el Bajo,
si usted lo dice,

y, paso a paso, reculaba hacia la yegua, pero cuando puso pie en el estribo y montó, al señorito del Azarías se le amontonaron en la boca nuevas razones, que además de lo que te llevo dicho, tú, el Azarías blasfema y quita los tapones a las ruedas de los coches de mis amigos, date cuenta, así sea el mismísimo ministro, comprenderás que yo no puedo invitar a nadie para que ese anormal...

e iba alzando gradualmente la voz a medida que Paco, el Bajo, se alejaba al trotecillo de la yegua,

... le deje los neumáticos en el suelo... ¡comprenderás...!,

pero, bien mirado, el Azarías era un engorro, como otra criatura, a la par que la Niña Chica, ya lo decía la Régula, inocentes, dos inocentes, eso es lo que son, pero siquiera la Charito paraba quieta, que el Azarías ni a sol ni a sombra y, a la noche, ni pegar ojo, con sus paseos y carraspeos, y si se ponía a rutar era lo mismo que un perro, y así hasta la amanecida, que asomaba a la corralada, mascando salivilla, el pantalón por las corvas, y los porqueros y los guardas y los gañanes, siempre la misma copla,

Azarías, ¿vas de pesca?,

y él sonreía a la nada, según rascaba los aseladeros, y ronroneaba juntando las encías, y, al concluir, tomaba una herrada en cada mano y decía,

me voy por abono para las flores,

y franqueaba el portón, y se perdía en la loma, entre las jaras y las encinas, buscando a Antonio

Abad, el Pastor, que por la hora no podía andar lejos, y, así que se lo topaba, se ponía a caminar parsimoniosamente tras el rebaño, agachándose y recogiendo cagarrutas recientes hasta que colmaba las herradas y, una vez llenas, retornaba al Cortijo musitando palabras inaudibles, la blanca salivilla empastada en las comisuras, y tan pronto entraba en la corralada, ya estaba la Pepa, o el Abundio, o la Remedios, la del Crespo, o quien fuera,

ya vino el Azarías con el abono de los geranios, y el Azarías sonreía, e iba bordeando los arriates y los macizos distribuyendo equitativamente los escíbalos entre ellos, y la Pepa, o el Abundio, o la Remedios, o el mismo Crespo,

mete más mierda en el Cortijo que la que saca, y la Régula, en paciente ademán,

ae, no molesta a nadie y por lo menos está entretenido,

pero el Facundo, o la Remedios, o la Pepa, o el mismo Crespo, torcían el gesto,

tú te verás cuando venga la señora,

pero el Azarías era diligente y aplicado y, mañana tras mañana, volvía de los encinares con dos cubos cargados de cagarrutas, de tal forma que, al cabo de unas semanas, las flores de los arriates emergían de unos cónicos montículos de escíbalos, negros como pequeños volcanes, y la Régula hubo de imponerse,

73

ae, más abono, no, Azarías, ahora paséame un
rato a la Niña Chica,

le dijo, y, a la noche, rogó a Paco, el Bajo, que bus-
case algún quehacer para el Azarías, pues los jardi-
nes tenían abono de más, y si se le dejaba inactivo,
enseguida le entraba la perezosa y daba en acostarse entre los madroños y nadie podía hacer vida de
él, mas, por aquellos días, el Rogelio, el muchacho,
ya se manejaba solo, y andaba de aquí para allá con
el tractor, un tractor rojo, recién importado, y sabía armarlo y desarmarlo, y cada vez que veía a la
Régula preocupada por el Azarías, le decía,

yo me llevo al tío, madre,

porque el Rogelio era efusivo y locuaz, todo lo
contrario que el Quirce, cada día más taciturno y
zahareño, que la Régula,

¿qué puede ocurrirle al Quirce de un tiempo a
esta parte?,

se preguntaba, pero el Quirce no daba explicaciones y, cada vez que disponía de dos horas li-
bres, desaparecía del Cortijo y regresaba a la noche, un poco embriagado y grave, que nunca sonreía, nunca, salvo cuando su hermano Rogelio
encarecía del Azarías,

tío ¿por qué no cuenta usted las mazorcas?,

y el Azarías, dócilmente, ganado por la fiebre de
ser útil, se arrimaba al enorme montón de pano-
chas, orilla del silo, y,

una, dos, tres, cuatro, cinco...,

contaba pacientemente, y, siempre, al llegar a once, decía,

cuarenta y tres, cuarenta y cuatro, cuarenta y cinco,

y, entonces, sí, entonces el Quirce sonreía, con una sonrisa un poco tirante, un poco forzada, pero para una vez que sonreía, su madre, la Régula, se encampanaba y le regañaba, las piernas abiertas, los brazos en jarras, fustigándole con los ojos,

ae, bonito está eso, reírse de un viejo inocente es ofender a Dios,

y, enojada, se iba en busca de la Niña Chica, la tomaba en sus brazos y se la entregaba al Azarías,

toma, duérmetela, ella es la única que te comprende,

y el Azarías recogía amorosamente a la Niña Chica y, sentado en el poyo de la puerta, la arrullaba y le decía a cada paso, con voz brumosa, ablandada por la falta de dientes,

milana bonita, milana bonita,

hasta que los dos, casi simultáneamente, se quedaban dormidos a la solisombra del emparrado, sonriendo como dos ángeles, pero una mañana, la Régula, según peinaba a la Niña Chica, encontró un piojo entre las púas del peine y se encorajinó y se llegó donde el Azarías,

Azarías, ¿qué tiempo hace que no te lavas?,

y el Azarías,

 eso los señoritos,

y ella, la Régula,

 ae, los señoritos, el agua no cuesta dinero, cacho marrano,

y el Azarías, sin decir palabra, mostró sus manos
de un lado y de otro, con la mugre acumulada en
las arrugas, y, finalmente, dijo humildemente, a
modo de explicación,

 me las orino cada mañana para que no me se
 agrieten,

y la Régula, fuera de sí,

 ae, semejante puerco, ¿no ves que estás criando miseria y se la pegas a la criatura?,

pero el Azarías la miraba desconcertado, con sus
amarillas pupilas implorantes, la cabeza gacha,
gruñendo cadenciosamente, como un cachorro,
mascando salivilla con las encías, y su inocencia y
sumisión desarmaron a su hermana,

 haragán, más que haragán, tendré que ocupar-
 me de ti como si fueras otra criatura,

y, a la tarde siguiente, se encaramó al remolque,
junto al Rogelio, y se fue a Cordovilla, donde el
Hachemita, y compró tres camisetas y, de vuelta a
casa, se encaró con el Azarías,

 te pones una cada semana, ¿me has entendido?,

76

y el Azarías asentía y hacía muecas, pero transcurrido un mes, la Régula volvió a buscarle, orilla
del sauce,

ae, ¿puede saberse dónde pusiste las camisetas
que te merqué?, va para cuatro semanas y aún
no te lavé ninguna,

y el Azarías humilló los amarillentos ojos sangui-
nolentos y rutó imperceptiblemente, hasta que su
hermana perdió la paciencia y le zamarreó y, según le sacudía por las solapas levantadas, descubrió las camisetas, una encima de la otra, sobre-
puestas, las tres, y,

marrano, más que marrano, que eres aún peor
que los guarros, quítate eso, ¿oyes?, quítate
eso,

y el Azarías, sumisamente, se sacó la parcheada
chaqueta de pana parda y, luego, las camisetas,
una tras otra, las tres, y dejó al descubierto un
torso hercúleo, arropado por un vello canoso, y
la Régula,

ae, cuando te quites una te pones la otra, la
limpia, quita y pon, ésa es toda la ciencia,

y el Rogelio a reír, que se cubría la boca con su
mano grande y morena para sofocar la risa y no
irritar a su madre, y Paco, el Bajo, sentado en el
poyo, contemplaba la escena apesadumbrado y,
al fin, bajaba la cabeza,

es aún peor que la Niña Chica,

musitaba, y así fue corriendo el tiempo y, con la llegada de la primavera, el Azarías dio en sufrir alucinaciones, y a toda hora se le representaba su hermano, el Ireneo, de noche en blanco y negro, como enmarcado en un escapulario, y de día, si se tendía entre la torvisca, policromado, grande y todopoderoso, sobre el fondo azul del cielo, como vio un día a Dios-Padre en un grabado, y, en esos casos, el Azarías, se levantaba y se iba donde la Régula,

hoy volvió el Ireneo, Régula,
decía, y ella,

ae, otra vez, deja al pobre Ireneo en paz,
y el Azarías,

en el cielo está,
y ella,

a ver, ¿qué mal hizo a nadie?,
pero las cosas del Azarías enseguida trascendían al Cortijo y los porqueros, y los pastores y los gañanes se hacían los encontradizos y le preguntaban,

¿qué fue del Ireneo, Azarías?,
y el Azarías alzaba los hombros,

se murió, Franco lo mandó al cielo,
y ellos, como si fuera la primera vez que se lo preguntaban,

¿y cuándo fue eso, Azarías, cuándo fue eso?,
y el Azarías movía repetidamente los labios antes de responder,

hace mucho tiempo, cuando los moros,

y ellos se daban de codo y reprimían la risa y reiteraban,

¿y estás seguro de que Franco le mandó al cielo, no le mandaría al infierno?,

y el Azarías negaba resueltamente con la cabeza, sonreía, babeaba y señalaba a lo alto, a lo azul,

yo lo veo ahí arriba cada vez que me acuesto entre la torvisca,

aclaraba, pero lo más grave para Paco, el Bajo, eran los desahogos del Azarías, puesto que a cualquier hora del día o de la noche su cuñado abandonaba la casa, buscaba un rincón, bien orilla de la tapia, o en los arriates, o en el cenador, o junto al sauce, se bajaba los calzones, se acuclillaba y lo hacía, así que Paco, el Bajo, cada mañana, antes del recorrido, salía al patio como un enterrador, la azada al hombro y trataba de borrar sus huellas y, luego, volvía a la Régula y se lamentaba,

este hombre debe tener las canillas flojas, de otro modo no se explica,

y cada lunes y cada martes, aparecía en el Cortijo un nuevo evacuatorio y Paco, el Bajo, venga, dale, con la azada, a cubrirlo, pero pese a sus esfuerzos, cada vez que salía de casa y ahuecaba los agujeros de la nariz —por donde, al decir del señorito Iván, los días que estaba de buen talante, se le veían los sesos— le venía la peste y se desesperaba,

¡huele otra vez, Régula, tu hermano no tiene arreglo!,

y la Régula, desolada,

ae, y ¿qué quieres que yo le haga?, no es mala cruz la que nos ha caído encima,

mas, por aquellos días, el Azarías empezó a echar en falta las carreras del cárabo y cada vez que sorprendía a su cuñado quieto, parado, se llegaba a él, zalamero,

arrímame a la sierra a correr el cárabo, Paco,

le decía, y Paco, el Bajo, mudo, como si no fuese con él, y el Azarías,

arrímame a la sierra a correr el cárabo, Paco,

y Paco, el Bajo, mudo, como si no fuese con él, hasta que una tarde, sin saber cómo ni por qué, le vino la idea, que se abrió paso en su pequeño cerebro como una luz, y, entonces, se volvió aquiescente a su cuñado,

y si te arrimo a la sierra a correr el cárabo, ¿lo harás en el monte?, ¿no volverás a ensuciarte en la corralada?,

y el Azarías,

si tú lo dices,

y, a partir de aquella fecha, Paco, el Bajo, cada anochecida, aupaba al Azarías a la grupa de la yegua y le llevaba con él de descubierta y, ya noche cerrada, se apeaban en la falda de la sierra, y, mientras Paco, el Bajo, se acomodaba en el can-

chal, a aguardar, orilla del alcornoque mocho, el
Azarías se perdía en lo espeso, entre las jaras y la
montera, encorvado, acechante como una alima-
ña, abriéndose paso entre la greñura y, al cabo de
una larga pausa, Paco, el Bajo, oía su cita,

    ¡eh, eh!,
y, acto seguido, el silencio, y, al cabo, la voz levemente nasal del Azarías de nuevo,

    ¡eh, eh!,
y, tras citarle tres o cuatro veces en vano, el cárabo respondía,

    ¡buhú, buhú!,
y, entonces, el Azarías arrancaba a correr arruando, como un macareno, y el cárabo aullaba detrás
y, de cuando en cuando, soltaba su lúgubre carcajada y Paco, el Bajo, desde el Canchal del Alcornoque, sentía los chasquidos de la maleza al
quebrarse y, poco después, el aullido del cárabo,
y, después, su carcajada estremecedora y, más
después, nada y, transcurrido un cuarto de hora,
aparecía el Azarías, el rostro y las manos cubier-
tas de mataduras, con su sonrisa babeante, feliz,

    buena carrera le di, Paco, y Paco,
el Bajo, a lo suyo,

    ¿diste de vientre?,
y el Azarías,

    todavía no, Paco, no tuve tiempo,
y Paco, el Bajo,

pues, venga, aviva,

y el Azarías, sin dejar de sonreír, lamiéndose los
rasguños de las manos, se alejaba unos metros, se
doblaba junto a un tamujo y descargaba, y así día
tras día, hasta que una tarde, al concluir mayo, se
presentó el Rogelio con una grajeta en carnutas
entre las manos,

¡tío, mire lo que le traigo!,

y todos salieron de la casa y al Azarías, al ver el
pájaro indefenso, se le enternecieron los ojos, lo
tomó delicadamente en sus manos y musitó,

milana bonita, milana bonita,

y, sin cesar de adularla, entró en la casa, la depositó en una cesta y salió en busca de materiales para
construirle un nido y, a la noche, le pidió al Quirce un saco de pienso y, en una lata herrumbrosa,
lo mezcló con agua y arrimó una pella al pico del
animal y dijo, afelpando la voz,

quia, quia, quia,

y la grajilla rilaba en las pajas,

¡quia, quia, quia!,

y él, el Azarías, cada vez que la grajilla abría el
pico, embutía en su boca inmensa, con su sucio
dedo corazón, un grumo de pienso compuesto, y
el pájaro lo tragaba, y, después, otra pella y otra
pella, hasta que el ave se saciaba, quedaba quieta,
ahíta, pero a la media hora, una vez pasado el em-
pacho circunstancial, volvía a reclamar y el Aza-

rías repetía la operación mientras murmuraba tiernamente,

milana bonita,

murmullos apenas inteligibles, mas la Régula le miraba hacer y le decía confidencialmente al Rogelio,

ae, más vale así, buena idea tuviste,

y el Azarías no se olvidaba del pájaro ni de día ni de noche, y en cuanto le apuntaron los primeros cañones, corrió feliz por la corralada, de puerta en puerta, una sonrisa bobalicona bailándole entre los labios, las amarillas pupilas dilatadas,

la milana ya está emplumando,

repetía, y todos le daban los parabienes o le preguntaban por el Ireneo, menos su sobrino, el Quirce, quien le enfocó su mirada aviesa y le dijo,

¿y para qué quiere en casa semejante peste, tío?,

y el Azarías volvió a él sus ojos atónitos, asombrados,

no es peste, es la milana,

mas el Quirce movió obstinadamente la cabeza y, después, escupió,

¡qué joder!, es un pájaro negro y nada bueno puede traer a casa un pájaro negro,

y el Azarías lo miró un momento desorientado y, finalmente, posó sus tiernos ojos sobre el cajón y se olvidó del Quirce, mañana le buscaré una lombriz,

dijo, y, a la mañana siguiente, empezó a cavar afanosamente en el macizo central hasta que encontró una lombriz, la cogió con dos dedos y se la dio a la grajeta, y la grajeta la engulló con tal deleite que el Azarías babeaba de satisfacción,

¿la viste, Charito?, ya es una moza, mañana la buscaré otra lombriz,

le dijo a la Niña Chica, y, paso a paso, la grajilla iba encorpando y emplumando dentro del nido, con lo que, ahora, cada vez que Paco, el Bajo, sacaba al Azarías a correr el cárabo, éste se recomía de impaciencia,

apura, Paco, la milana me está aguardando,

y Paco, el Bajo,

¿diste de vientre?,

y el Azarías,

la milana me está aguardando, Paco,

y Paco, el Bajo, inconmovible,

si no das de vientre, te tengo aquí hasta que amanezca y la milana se muera de hambre,

y el Azarías se aflojaba los calzones,

no debes hacer eso,

rutaba, al tiempo que se acuclillaba orilla un chaparro y deyectaba, pero antes de concluir ya estaba en pie,

venga, Paco, vivo,

se subía apresuradamente los pantalones,

84

la milana me está aguardando,

y distendía los labios en una húmeda, extraviada, sonrisa y mascaba salivilla con placentera delectación y este episodio se repetía cada día hasta que una mañana, tres semanas más tarde, según paseaba a la grajeta por la corralada sobre su antebrazo, ésta inició un tímido aleteo y comenzó a volar, en un vuelo corto, blando y primerizo, hasta alcanzar la copa del sauce, donde se posó, y, al verla allí, por primera vez lejos de su alcance, el Azarías gimoteaba,

la milana me se ha escapado, Régula,

y asomó la Régula,

ae, déjala que vuele, Dios la dio alas para volar,

¿no lo comprendes?,

pero el Azarías,

yo no quiero que me se escape la milana, Régula,

y miraba ansiosa, angustiadamente, para la copa del sauce y la grajilla volvía sus ojos aguanosos a los lados, descubriendo nuevas perspectivas, y, después, giraba la cabeza y se picoteaba el lomo, despiojándose, y el Azarías, poniendo en sus palabras toda la unción, todo el amor de que era capaz, decía,

milana bonita, milana bonita,

encarecidamente, pero el pájaro como si nada, y tan pronto la Régula arrimó al árbol la escalera de

85

mano con intención de prenderlo y subió los dos primeros peldaños, la grajilla ahuecó las alas, las agitó un rato en el vacío, y, finalmente, se desasió de la rama, y, en vuelo torpe e indeciso, coronó el tejado de la capilla y se encaramó en la veleta de la torre, allá en lo alto, y el Azarías la miraba con los lagrimones colgados de los ojos, como reconviniéndola por su actitud,

no estaba a gusto conmigo,

decía, y, en éstas, se presentó el Críspulo y, luego, el Rogelio, y la Pepa, y el Facundo, y el Crespo, y toda la tropa, los ojos en alto, en la veleta de la torre, y la grajilla, indecisa, se balanceaba, y el Rogelio reía,

cría cuervos, tío,

y el Facundo,

a ver, de que cogen gusto a la libertad,

y porfiaba la Régula,

ae, Dios dio alas a los pájaros para volar,

y al Azarías le resbalaban los lagrimones por las mejillas y él trataba de espantarlos a manotazos y tornaba a su cantinela,

milana bonita, milana bonita,

y, según hablaba, se iba apartando del grupo, apretujado a la sombra caliente del sauce, los ojos en la veleta, hasta que quedó, mínimo y solo, en el centro de la amplia corralada, bajo el sol despiadado de julio, su propia sombra como una pelota negra, a los pies, haciendo muecas y aspa-

vientos, hasta que, de pronto, alzó la cabeza, afel-
pó la voz y voceó,

   ¡quia!

y, arriba, en la veleta, la grajilla acentuó sus balan-
ceos, oteó la corralada, se rebulló inquieta, y volvió a quedar inmóvil y el Azarías, que la observaba, repitió entonces,

   ¡quia!

y la grajilla estiró el cuello, mirándole, volvió a re-
cogerlo, tornó a estirarlo y, en ese momento, el
Azarías, repitió fervorosamente,

   ¡quia!,

y, de pronto, sucedió lo imprevisto, y como si entre el Azarías y la grajilla se hubiera establecido
un fluido, el pájaro se encaramó en la flecha de la
veleta y comenzó a graznar alborozadamente,

   ¡quia, quia, quia!,

y en la sombra del sauce se hizo un silencio expectante y, de improviso, el pájaro se lanzó hacia
adelante, picó, y ante la mirada atónita del grupo,
describió tres amplios círculos sobre la corralada,
ciñéndose a las tapias y, finalmente, se posó sobre
el hombro derecho del Azarías y empezó a pico-
tearle insistentemente el cogote blanco como si le
despiojara, y el Azarías sonreía, sin moverse, vol-
viendo ligeramente la cabeza hacia ella y musitando como una plegaria,

   milana bonita, milana bonita.

Libro cuarto

El secretario

Mediado junio, el Quirce comenzó a sacar el rebaño de merinas cada tarde y, al ponerse el sol, se le oía tocar la armónica delicadamente de la parte de la sierra, mientras su hermano Rogelio no paraba, el hombre, con el jeep arriba, con el tractor abajo, siempre de acá para allá,

este carburador ratea,

no vuelve el pedal del embrague,

esas cosas, y el señorito Iván, como sin darle importancia, cada vez que visitaba el Cortijo, observaba a los dos, al Quirce y al Rogelio, llamaba al Crespo a un aparte y le decía confidencialmente,

Crespo, no me dejes de la mano a esos muchachos, Paco, el Bajo, ya va para viejo y yo no puedo quedarme sin secretario,

pero ni el Quirce ni el Rogelio sacaban el prodigioso olfato de su padre, que su padre, el Paco, era un caso de estudio, ¡Dios mío!, desde chiqui-

lín, que no es un decir, le soltaban una perdiz ali-
quebrada en el monte y él se ponía a cuatro patas
y seguía el rastro con su chata nariz pegada al
suelo sin una vacilación, como un braco, y andando el tiempo, llegó a distinguir las pistas viejas de
las recientes, el rastro del macho del de la hembra, que el señorito Iván se hacía de cruces, en-
trecerraba sus ojos verdes y le preguntaba,

pero ¿a qué diablos huele la caza, Paco, maricón?,
y Paco, el Bajo,

¿de veras no la huele usted, señorito?,
y el señorito Iván,

si la oliera no te lo preguntaría,
y Paco, el Bajo,

¡qué cosas se tiene el señorito Iván!,
y en la época en que el señorito Iván era el Ivancito, que, de niño, Paco le decía el Ivancito al señorito Iván, la misma copla,

¿a qué huele la caza, Paco?,
y Paco, el Bajo, solícito,

¿es cierto que tú no la hueles, majo?,
y el Ivancito,

pues no, te lo juro por mis muertos, a mí la
caza no me huele a nada,
y Paco,

ya te acostumbrarás, majo, ya verás cuando
tengas más años,

porque Paco, el Bajo, no apreció sus cualidades
hasta que comprobó que los demás no eran ca-
paces de hacer lo que él hacía, y de ahí sus con-
versaciones con el Ivancito, que el niño empezó
bien tierno con la caza, una chaladura, gangas
en julio, en la charca o los revolcaderos, codor-
niz en agosto, en los rastrojos, tórtolas en se-
tiembre, de retirada, en los pasos de los encinares, perdices en octubre, en las labores y el monte
bajo, azulones en febrero, en el Lucio del Teati-
no y, entre medias, la caza mayor, el rebeco y el
venado, siempre con el rifle o la escopeta en la
mano, siempre, pim-pam, pim-pam, pim-pam,
que,
  es chifladura la de este chico,
decía la señora, y de día y de noche, en invierno
o en verano, al rececho, al salto o en batida,
pim-pam, pim-pam, pim-pam, el Ivancito con el rifle o la escopeta, en el monte o los labajos, y el
año 43, en el ojeo inaugural del Día de la Raza,
ante el pasmo general, con trece años mal cum-
plidos, el Ivancito entre los tres primeros, a
ocho pájaros de Teba, lo nunca visto, que había
momentos en que tenía cuatro pájaros muertos
en el aire, algo increíble, que era cosa de verse,
un chiquilín de chupeta codeándose con las me-
jores escopetas de Madrid, y ya desde ese día, el
Ivancito se acostumbró a la compañía de Paco,

el Bajo, y a sacar partido de su olfato y su afi-
ción, y resolvió pulirlo, pues Paco, el Bajo, fla-
queaba en la carga, y el Ivancito le entregó un
día dos cartuchos y una escopeta vieja y le dijo,
      cada noche, antes de acostarte, mete y saca los
      cartuchos de los cañones hasta cien veces,
      Paco, hasta que te canses,
y agregó tras una pausa,
      si logras ser el más rápido de todos, entre esto,
      los vientos que Dios te ha dado y tu retentiva,
      no habrá en el mundo quien te eche la pata
      como secretario, te lo digo yo,
y Paco, el Bajo, que era servicial por naturaleza,
cada noche, antes de acostarse, ris-ras, abrir y ce-
rrar la escopeta, ris-ras, meter y sacar los cartuchos en los caños, que la Régula,
      ae, ¿estás tonto, Paco?,
y Paco, el Bajo,
      el Ivancito dice que te puedo ser el mejor,
y, al cabo de un mes,
      Ivancito, majo, en un amén te meto y te saco
      los cartuchos de la escopeta,
y el Ivancito,
      eso hay que verlo, Paco, no seas farol,
y Paco exhibió su destreza ante el muchacho y,
      esto marcha, Paco, no lo dejes, sigue así,
dijo el Ivancito tras la demostración, y de este
modo, Ivancito por aquí, Ivancito por allá, ni

advertía Paco que pasaba el tiempo, hasta que una mañana, en el puesto, ocurrió lo que tenía que ocurrir, o sea Paco, el Bajo, le dijo con la mejor voluntad,

Ivancito, ojo, la barra por la derecha,

y el Ivancito se armó en silencio, tomó los puntos y, en un decir Jesús, descolgó dos perdices por delante y dos por detrás, y no había llegado la primera al suelo, cuando volvió los ojos hacia Paco y le dijo con gesto arrogante,

de hoy en adelante, Paco, de usted y señorito

Iván, ya no soy un muchacho,

que para entonces ya había cumplido el Ivancito dieciséis años y fue Paco, el Bajo, y le pidió excusas y, en lo sucesivo, señorito Iván por aquí, señorito Iván por allá, porque, bien mirado, ya iba para mozo y era de razón, mas, con el tiempo, el prurito cinegético le fue creciendo en el pecho al señorito Iván y era cosa sabida que en cada batida no sólo era el que más mataba, sino también quien derribaba la perdiz más alta, la más larga y la más recia, que en este terreno no admitía competencia, e infaliblemente le ponía a Paco por testigo,

larga, dice el Ministro, Paco, oye, ¿a qué distancia tiré yo, por aproximación, al pájaro aquel de la primera batida, el del canchal, el que se repulló a las nubes, aquel que fue a dar

el pelotazo en la Charca de los Galápagos, te
recuerdas?,

y Paco, el Bajo, abría unos ojos desmesurados, levantaba jactanciosamente la barbilla y sentencia-
ba,

no le voy a recordar, el pájaro perdiz aquel no
volaba a menos de noventa metros,

o, si se trataba de perdices recias, la misma copla,

no me dejes de farol, Paco, habla, ¿cómo venía
la perdiz aquella, la de la vaguada, la que me
sorprendió bebiendo un trago de la bota...?,

y Paco ladeaba ligeramente la cabeza, el índice en
la mejilla, reflexionando,

sí, hombre,

insistía el señorito Iván,

la que traía el viento de culo, la del madroño,
hombre, que tú dijiste, que tú dijiste...,

y Paco, de pronto, entornaba los ojos, ponía los
labios como para silbar aunque no silbaba, y,

también más recia que un aeroplano,

concluía, y aunque, en rigor, el señorito Iván
desconocía la distancia a que el otro había tira-
do a su perdiz, y cómo venía de recia la que tiró
el de más allá, ineluctablemente las suyas eran
más largas y recias y, para demostrarlo, apelaba
al testimonio de Paco, el Bajo, y esto, a Paco, el
Bajo, le envanecía, se jactaba del peso de su jui-

cio, y se vanagloriaba, asimismo, de que lo que más envidiaran al señorito Iván los amigos del señorito Iván fueran sus facultades y su disposición para la cobra,

ni el perro más fino te haría el servicio de este hombre, Iván, fíjate lo que te digo, que no sabes lo que tienes,

le decían, y, con frecuencia, los amigos del señorito Iván requerían a Paco, el Bajo, para cobrar algún pájaro perdiz alicorto y, en tales casos, se desentendían de las tertulias posbatida y de las disputas con los secretarios vecinos, y se iban tras él, para verle desenvolverse, y, una vez que Paco se veía rodeado de la flor y nata de las escopetas, decía, ufanándose de su papel,

¿dónde pegó el pelotazo, vamos a ver?,

y ellos, el Subsecretario, o el Embajador, o el Ministro,

aquí tienes las plumas, Paco,

y Paco, el Bajo,

¿qué dirección llevaba, vamos a ver?,

y el que fuera,

la del jaral, Paco, tal que así, sirgada contra el jaral,

y Paco,

¿venía sola, apareada o en barra, vamos a ver?,

y el que fuera,

99

dos entraban, Paco, ahora que lo dices, la pareja,

y el señorito Iván miraba a sus invitados con sor-
na y señalaba con la barbilla a Paco, el Bajo, como
diciendo, ¿qué os decía yo?, y, acto seguido, Paco,
el Bajo, se acuclillaba, olfateaba con insistencia el
terreno, dos metros alrededor del pelotazo, y murmuraba,

    por aquí se arrancó,

y seguía el rastro durante varios metros y, al cabo,
se incorporaba,

    esta dirección llevaba, luego estará en aquel
    chaparro y, si no, amonada en el mato, orilla
    del alcornoque, no puede haber ido más lejos,

y allá se iba el grupo tras Paco y, si el pájaro no
andaba en el chaparro, amonado estaba en el
mato, orilla del alcornoque, no fallaba, y el Subsecretario, o el Embajador, o el Ministro, el que
fuera, decía asombrado,

    ¿y por qué regla de tres no podía estar en otro
    sitio, Paco, me lo quieres explicar?,

y Paco, el Bajo, lo consideraba unos segundos
con arrogancia y, finalmente, decía con mal repri-
mido desprecio,

    el pájaro perdiz no abandona el surco cuando
    apeona a ocultarse,

y ellos se miraban entre sí y asentían y el señorito

Iván, los pulgares en los sobacos de su chaleco-
canana, sonreía abiertamente,

¿eh, qué os decía yo?,

muy orondo, lo mismo que cuando mostraba la
repetidora americana o la Guita, la cachorra gri-
fona, y, de vuelta a los puestos, de nuevo a solas
con Paco, comentaba,

¿te fijas?, el maricón del francés no distingue
un arrendajo de una perdiz,

o bien,

el maricón del Embajador no corre la mano izquierda, ¿te das cuenta?, grave defecto para
un diplomático,

porque, fatalmente, para el señorito Iván, todo el
que agarraba una escopeta era un maricón, que la
palabra esa no se le caía de los labios, qué manía,
y, en ocasiones, en el ardor de la batida, cuando
las voces de los ojeadores se confundían en la distancia y los cornetines rumbaban en los extre-
mos, entrizando a los pájaros, y las perdices se
arrancaban desorientadas, brrrr, brrrr, brrrr, por
todas partes, y la barra entraba velozmente a la línea de escopetas, y el señorito Iván derribaba dos
juntas aquí y otras dos allá, bien de doblete, bien
de carambola, y sonaban disparos a izquierda y
derecha, que era la guerra, y Paco, el Bajo, iba
contando para sus adentros, treinta y tres, treinta
y cuatro, treinta y cinco, y trocando la escopeta

101

vacía por otra gemela cargada, hasta cinco, que los caños se ponían al rojo, y anotando en la cabeza el lugar donde cada pieza caía, bueno, en esos casos, Paco, el Bajo, se ponía caliente como un perdiguero, que no podía aquietarse, que era superior a sus fuerzas, se asomaba acuclillado al borde de la pantalla y decía, mascando las palabras para no espantar el campo,

¡suélteme, señorito, suélteme!
y el señorito Iván, secamente,

¡para quieto, Paco!,
y él, Paco, el Bajo,

¡suélteme, por su madre se lo pido, señorito!, cada vez más excitado, y el señorito Iván, sin cesar de disparar,

mira, Paco, no me hagas agarrar un cabreo, aguarda a que termine la batida,
mas a Paco, el Bajo, el ver desplomarse las perdices muertas ante sus chatas narices le descomponía,

¡suélteme, señorito, por Dios bendito se lo pido!,
hasta que el señorito Iván se irritaba, le propinaba un puntapié en el trasero y le decía,

si sales del puesto antes de tiempo, te pego un tiro, Paco, tú ya te sabes cómo las gasto,
pero era el suyo un encono pasajero, puramente artificial, porque cuando, minutos después, Paco, el Bajo, empezaba a acarrearle el botín y se presen-

102

taba con sesenta y cuatro de los sesenta y cinco pájaros abatidos y le decía nerviosamente,

el pájaro perdiz que falta, señorito Iván, el que
bajó usted orilla de la retama, me lo ha afana-
do el Facundo, dice que es de su señorito,

la furia del señorito Iván se desplazaba a Facundo,

¡Facundo!,

voceaba con voz tonante, y acudía Facundo,

¡eh, tú, listo, tengamos la fiesta en paz!, el pájaro perdiz ese de la retama es mío y muy mío,
de modo que venga,

extendía la mano abierta, pero el Facundo se en-
cogía de hombros y ponía los ojos planos, inex-
presivos,

otro bajó mi señorito orilla de la retama, eso
no es ley,

mas el señorito Iván alargaba aún más la mano y
empezaba a notar el prurito en las yemas de los
dedos,

mira, no me calientes la sangre, Facundo, no
me calientes la sangre, ya sabes que no hay
cosa que más me joda que que me birlen los
pájaros que yo mato, así que venga esa perdiz,

y, llegados a este extremo, Facundo le entregaba
la perdiz, sin rechistar, la historia de siempre, que
René, el francés, que era un asiduo de las batidas

hasta que pasó lo que pasó, se hacía de cruces la primera vez,

   ¿cómo ser posible matar sesenta y cinco perdices Iván y coger sesenta y cinco perdices Paco?,

   mí no comprender,

repetía, y Paco, el Bajo, complacido, se sonreía a lo zorro y se señalaba la cabeza,

   las apunto aquí,

decía, y el francés abría desmesuradamente los ojos,

   ¡ah, ah, las apunta en la teta!,

exclamaba, y Paco, el Bajo, de nuevo en el puesto, junto al señorito Iván,

   la teta dijo, señorito Iván, se lo juro por mis muertos, digo yo que será cosa del habla de su país,

y el señorito Iván,

   mira, por una vez has acertado,

y a partir de aquel día, entre bromas y veras, el señorito Iván y sus invitados, cada vez que se reunían sin señoras delante, tal cual en los sorteos de los puestos o en el taco, a la solana, a mediodía, decían teta por cabeza,

   este cartucho es muy fuerte, me ha levantado dolor de teta,

o bien,

   el Subse es muy testarudo, si se le mete una cosa en la teta no hay quien se la saque,

104

e, invariablemente, así lo dijeran ochenta veces, todos a reír, pero a reír fuerte, a carcajada limpia, que se ponían enfermos de la risa que les daba, y así hasta que reanudaban la cacería, y, al concluir el quinto ojeo, ya entre dos luces, el señorito Iván metía dos dedos en el bolsillo alto del chaleco-canana y le entregaba ostentosamente a Paco un billete de veinte duros,

    toma, Paco, y que no sirva para vicios, que me estás saliendo muy gastoso tú, y la vida anda muy achuchada,

y Paco, el Bajo, agarraba furtivamente el billete y al bolsillo,

    pues, por muchas veces, señorito Iván,

y, a la mañana siguiente, la Régula marchaba con Rogelio, en el remolque, a Cordovilla, donde el Hachemita, a mercarse un percal o unas rastrojeras para los muchachos, que nunca faltaba en casa una necesidad, y así siempre, cada vez que había batida o palomazo, y todo iba bien hasta que la última vez que asistió el francés se armó una trifulca en la Casa Grande, durante el almuerzo, al decir de la Nieves, por el aquel de la cultura, que el señorito René dijo que en Centroeuropa era otro nivel, una inconveniencia, a ver, que el señorito Iván,

    eso te piensas tú, René, pero aquí ya no hay analfabetos, que tú te crees que estamos en el año treinta y seis, y de unas cosas pasaron a otras y empezaron a vocearse el uno al otro, hasta que perdieron los modales y se faltaron al respeto y, como último recurso, el señorito Iván, muy soliviantado, ordenó llamar a Paco, el Bajo, a la Régula y al Ceferino y,

es bobería discutir, René, vas a verlo con tus propios ojos,

voceaba, y al personarse Paco con los demás, el señorito Iván adoptó el tono didáctico del señorito Lucas para decirle al francés,

mira, René, a decir verdad, esta gente era analfabeta en tiempos, pero ahora vas a ver, tú, Paco, agarra el bolígrafo y escribe tu nombre, haz el favor, pero bien escrito, esmérate,

se abría en sus labios una sonrisa tirante,

que nada menos está en juego la dignidad nacional,

y toda la mesa pendiente de Paco, el hombre, y don Pedro, el Périto, se mordisqueó la mejilla y colocó su mano sobre el antebrazo de René,

lo creas o no, René, desde hace años en este país se está haciendo todo lo humanamente posible para redimir a esta gente,

y el señorito Iván,

¡chist!, no le distraigáis ahora,

y Paco, el Bajo, coaccionado por el silencio expectante, trazó un garabato en el reverso de la factura amarilla que el señorito Iván le tendía sobre el mantel, comprometiendo sus cinco sentidos, ahuecando las aletillas de su chata nariz, una firma tembloteante e ilegible y, cuando concluyó, se enderezó y devolvió el bolígrafo al señorito Iván, y el señorito Iván se lo entregó al Ceferino y,

ahora tú, Ceferino,

ordenó, y fue el Ceferino, muy azorado, se reclinó sobre los manteles y estampó su firma y, por último, el señorito Iván se dirigió a la Régula,

ahora te toca a ti, Régula,

y volviéndose al francés,

aquí no hacemos distingos, René, aquí no hay discriminación entre varones y hembras, como podrás comprobar,

y la Régula, con pulso indeciso, porque el bolígrafo le resbalaba en el pulgar achatado, plano, sin huellas dactilares, dibujó penosamente su nombre, pero el señorito Iván, que estaba hablando con el francés, no reparó en las dificultades de la Régula y, así que ésta terminó, le cogió la mano derecha y la agitó reiteradamente como una bandera,

esto,

dijo,

para que lo cuentes en París, René, que los franceses os gastáis muy mal yogur al juzgar-

107

nos, que esta mujer, por si lo quieres saber, hasta hace cuatro días firmaba con el pulgar, ¡mira!,

y, al decir esto, separó el dedo deforme de la Régula, chato como una espátula, y la Régula, la mujer, confundida, se sofocó toda, como si el señorito Iván la mostrase en cueros encima de la mesa, pero René no atendía a las palabras del señorito Iván sino que miraba perplejo el dedo aplanado de la Régula, y el señorito Iván, al advertir su asombro, aclaró,

¡ah, bien!, ésta es otra historia, los pulgares de las empleiteras son así, René, gajes del oficio, los dedos se deforman de trenzar esparto, ¿comprendes?, es inevitable,

y sonreía y carraspeaba y, para acabar con la tensa situación, se encaró con los tres y les dijo,

hala, podéis largaros, lo hicisteis bien,

y, conforme desfilaban hacia la puerta, la Régula rezongaba desconcertada,

ae, también el señorito Iván se tiene cada cacho cosa,

y, en la mesa, todos a reír indulgentemente, paternalmente, menos René, a quien se le había aborrascado la mirada, y no dijo esta boca es mía, un silencio mineral, hostil, pero, en verdad, hechos de esta naturaleza eran raros en el Cortijo, pues, de ordinario, la vida discurría plácidamente, con la única novedad de las visitas periódicas de la señora que obligaban a la Régula a estar ojo avizor para que el coche no aguardase, que si le hacía aguardar unos minutos, ya estaba el Maxi refunfuñando,

¿dónde coños te metes?, llevamos media hora de plantón,

de malos modos, así que ella, aunque la sorprendieran cambiando las bragas a la Niña Chica, acudía presurosa a la llamada del claxon, a descorrer el cerrojo del portón, sin lavarse las manos siquiera y, en esos casos, la señora Marquesa, tan pronto descendía del coche, fruncía la nariz, que era casi tan sensible de olfato como Paco, el Bajo, y decía,

esos aseladeros, Régula, pon cuidado, es muy desagradable este olor,

o algo por el estilo, pero de buenas maneras, sin faltar, y ella, la Régula, avergonzada, escondía las manos bajo el mandil y,

sí, señora, a mandar, para eso estamos,

y la señora recorría lentamente el pequeño jardín, los rincones de la corralada con mirada inquisitiva y, al terminar, subía a la Casa Grande e iba llamando a todos a la sala del espejo, uno por uno, empezando por don Pedro, el Périto, y terminando por

Ceferino, el Porquero, todos, y a cada cual le preguntaba por su quehacer y por la familia y por sus problemas y, al despedirse, les sonreía con una sonrisa amarilla, distante, y les entregaba en mano una reluciente moneda de diez duros,

toma, para que celebréis en casa mi visita,
menos a don Pedro, el Périto, naturalmente, que don Pedro, el Périto, era como de la familia, y ellos salían más contentos que unas pascuas,

la señora es buena para los pobres,
decían contemplando la moneda en la palma de la mano, y, al atardecer, juntaban los aladinos en la corralada y asaban un cabrito y lo regaban con vino y enseguida cundían la excitación y el entusiasmo, y que

¡viva la señora Marquesa! y ¡que viva por muchos años!,

y, como es de rigor, todos terminaban un poco templados, pero contentos y la señora, desde la ventana iluminada de sus habitaciones, a contraluz, levantaba los dos brazos, les daba las buenas noches y a dormir, y esto era así desde siempre, pero, en su última visita, la señora, al apearse del automóvil acompañada por la señorita Miriam, se topó con el Azarías junto a la fuente y frunció el entrecejo y echó la cabeza hacia atrás,

a ti no te conozco, ¿de quién eres tú?,
preguntó, y la Régula, que andaba al quite,

mi hermano es, señora,
acobardada, a ver, y la señora,
¿de dónde lo sacaste?, está descalzo,
y la Régula,
andaba en la Jara, ya ve, sesenta y un años y le
han despedido,
y la señora,
edad ya tiene para dejar de trabajar, ¿no estaría mejor recogido en un Centro Benéfico?,
y la Régula humilló la cabeza pero dijo con reso-
lución,
ae, mientras yo viva, un hijo de mi madre no
morirá en un asilo,
y, en éstas, terció la señorita Miriam,
después de todo, mamá, ¿qué mal hace aquí?,
en el Cortijo hay sitio para todos,
y el Azarías, el remendado pantalón por las corvas,
se observó atentamente las uñas de su mano derecha, sonrió a la señorita Miriam y a la nada, y masti-
có por dos veces con las encías antes de hablar y,
le abono los geranios todas las mañanas,
dijo brumosamente, justificándose, y la señora,
eso está bien,
y el Azarías que, paso a paso, se iba creciendo,
y de anochecida salgo a la sierra a correr el cárabo para que no se meta en el Cortijo,
y la señora plegó la frente, alta y despejada, en un
supremo esfuerzo de concentración, y se inclinó
hacia la Régula,

¿correr el cárabo?, ¿puedes decirme de qué está
hablando tu hermano?,
y la Régula, encogida,

ae, sus cosas, el Azarías no es malo, señora,
sólo una miaja inocente,
pero el Azarías proseguía,

y ahora ando criando una milana,
sonrió, babeante, y la señorita Miriam, de nuevo,

yo creo que hace bastantes cosas, mamá, ¿no
te parece?
y la señora no le quitaba los ojos de encima, mas el
Azarías, súbitamente, en un impulso amistoso,
tomó a la señorita Miriam de la mano, mostró las
encías en un gesto de reconocimiento y murmuró,

venga a ver la milana, señorita,
y la señorita Miriam, arrastrada por la fuerza her-
cúlea del hombre, le seguía, trastabillando, y dobló un momento la cabeza para decir,

voy a ver la milana, mamá, no me esperes, subo
enseguida,

y el Azarías la condujo bajo el sauce y, una vez
allí, se detuvo, sonrió, levantó la cabeza y dijo firme pero dulcemente,

¡quia!
y, de improviso, ante los ojos atónitos de la señorita Miriam, un pájaro negro y blando se descolgó desde las ramas más altas y se posó suavemente sobre el hombro del Azarías, quien volvió a to-
marla de la mano y,

112

atienda,

dijo, y la condujo junto al poyo de la ventana, tras la maceta, tomó una pella del bote de pienso y se lo ofreció al pájaro, y el pájaro engullía las pellas, una tras otra, y nunca parecía saciarse y, en tanto comía, el Azarías ablandaba la voz, le rascaba entre los ojos y repetía,

milana bonita, milana bonita,

y el pájaro,

¡quia, quia, quia!

pedía más, y la señorita Miriam, recelosa,

¡qué hambre tiene!,

y el Azarías metía una y otra vez los grumos en su garganta y empujaba luego con la yema del dedo y, cuando andaba más abstraído con el pájaro, se oyó el escalofriante berrido de la Niña Chica, dentro de la casa, y la señorita Miriam, impresionada,

y eso, ¿qué es?,

preguntó, y el Azarías, nervioso,

la Niña Chica es,

y depositó el bote sobre el poyo y lo volvió a coger y lo volvió a dejar e iba de un lado a otro, desasosegado, la grajilla sobre el hombro, moviendo arriba y abajo las mandíbulas, rezongando,

yo no puedo atender todas las cosas al mismo tiempo,

pero, al cabo de pocos segundos, volvió a sonar el

berrido de la Niña Chica y la señorita Miriam, es-
peluznada,

　¿es cierto que es una niña la que hace eso?,
y él, Azarías, cada vez más agitado, con la grajeta
mirando inquieta en derredor, se volvió hacia
ella, la tomó nuevamente de la mano y,

　venga,
dijo, y entraron juntos en la casa, y la señorita Miriam avanzaba desconfiada, como sobrecogida
por un negro presentimiento, y al descubrir a la
niña en la penumbra, con sus piernecitas de
alambre y la gran cabeza desplomada sobre el co-
jín, sintió que se le ablandaban los ojos y se llevó
ambas manos a la boca,

　¡Dios mío!,
exclamó, y el Azarías la miraba, sonriéndola con
sus encías sonrosadas, pero la señorita Miriam no
podía apartar los ojos del cajoncito, que parecía
que se hubiera convertido en una estatua de sal la
señorita Miriam, tan rígida estaba, tan blanca, y
espantada,

　¡Dios mío!,
repitió, moviendo rápidamente la cabeza de un
lado a otro como para ahuyentar un mal pensa-
miento, pero el Azarías ya había tomado entre
sus brazos a la criatura y, mascullando palabras
ininteligibles, se sentó en el taburete, afianzó la
cabecita de la niña en su axila y agarrando la gra-

jilla con la mano izquierda y el dedo índice de la Niña Chica con la derecha, lo fue aproximando lentamente al entrecejo del animal, y una vez que le rozó, apartó el dedo de repente, rió, oprimió a la niña contra sí y dijo suavemente, con su voz acentuadamente nasal,

¿no es cierto que es bonita la milana, niña?

Libro quinto

El accidente

Al llegar la pasa de palomas, el señorito Iván se instalaba en el Cortijo por dos semanas y, para esas fechas, Paco, el Bajo, ya tenía dispuestos los palomos y los arreos y engrasado el balancín, de modo que, tan pronto se personaba el señorito, deambulaban en el Land Rover de un sitio a otro, de carril en carril, buscando las querencias de los bandos de acuerdo con la sazón de la bellota, mas, a medida que transcurrían los años, a Paco, el Bajo, se le iba haciendo más arduo encaramarse a las encinas y el señorito Iván, al verle abrazado torpemente a los troncos, reía,

la edad no perdona, Paco, el culo empieza a pesarte, es ley de vida,

pero Paco, el Bajo, por amor propio, por no dar su brazo a torcer, trepaba al alcornoque o a la encina, ayudándose de una soga, aun a costa de desollarse las manos, y amarraba el cimbel en la parte más visible del árbol, a ser posible en la copa, y, desde arriba, enfocaba altivamente hacia el señorito Iván los grandes orificios de su nariz, como si mirara con ellos,

todavía sirvo, señorito, ¿no le parece?,

voceaba eufórico, y, a caballo de un camal, bien asentado, tironeaba del cordel amarrado al balancín para que el palomo, al fallarle la sustentación y perder el equilibrio, aletease, mientras el señorito Iván, oculto en el aguardadero, escudriñaba atentamente el cielo, los desplazamientos de los bandos, y le advertía,

dos docenas de zuritas, templa, Paco,

o bien,

una junta de torcaces, ponte quieto, Paco,

o bien,

las bravías andan en danza, ojo, Paco,

y Paco, el Bajo, pues a templar, o a parar, o a poner el ojo en las bravías, pero el señorito Iván rara vez quedaba conforme,

más suave, maricón, ¿no ves que con esos respingos espantas el campo?,

y Paco, el Bajo, pues más suave, con más tiento, hasta que, de pronto, media docena de palomas se desgajaban del bando y el señorito Iván aprestaba la escopeta y dulcificaba la voz,

ojo, ya doblan,

y, en tales casos, los tironcitos de Paco, el Bajo, se hacían cortados y secos, comedidos, con objeto de que el palomo se moviese sin desplegar del todo las alas y, conforme se aproximaban planeando los pájaros, el señorito Iván se armaba, tomaba los puntos y ¡pim-pam!,

   ¡dos, la pareja!,

exultaba Paco entre el follaje, y el señorito Iván,

   calla la boca, tú,

y ¡pim-pam!,

   ¡otras dos!,

chillaba Paco en lo alto sin poderse reprimir, y el señorito Iván,

   canda el pico, tú,

y ¡pim-pam!,

   ¡una se le fue a criar!,

lamentaba Paco, y el señorito Iván,

   ¿no puedes poner quieta la lengua, cacho maricón?,

pero, entre pim-pam y pim-pam, a Paco, el Bajo, se le entumían las piernas engarfiadas sobre la rama y, al descender del árbol, había de hacerlo a pulso porque muchas veces no sentía los pies y, si los sentía, eran mullidos y cosquilleantes, como de gaseosa, absolutamente irresponsables, pero el señorito Iván no reparaba en ello y le apremiaba para buscar una nueva atalaya, pues gustaba de cambiar de cazadero cuatro o cinco veces por día, de forma que, al concluir la jornada, a Paco, el Bajo, le dolían los hombros, y le dolían las manos, y le dolían los muslos y le dolía todo el cuerpo, de las agujetas, a ver, que sentía los miembros como descoyuntados, fuera de sitio, mas, a la mañana siguiente, vuelta a empezar, que el señorito Iván era insaciable con el palomo, una cosa mala, que le apetecía este tipo de caza tanto o más que la de perdices en batida, o la de gangas al aguardo, en el aguazal, o la de pitorras con la Guita y el cascabel, que no se saciaba el hombre y, a la mañana, entre dos luces, ya estaba en danza,

¿estás cansado, Paco?,

sonreía maliciosamente, y añadía,

la edad no perdona, Paco, quién te lo iba a decir a ti, con lo que tú eras,

y a Paco, el Bajo, le picaba el puntillo y trepaba a los árboles si cabe con mayor presteza que la víspera, aun a riesgo de desnucarse, y amarraba el cimbel en la copa de la encina o el alcornoque, en lo más alto, pero si los bandos se mostraban renuentes o desconfiados, pues abajo, a otra querencia, y de este modo, de árbol en árbol, Paco, el Bajo, iba agotando sus energías, pero ante el señorito Iván, que comenzaba a recelar de él, había que fingir entereza y trepaba de nuevo con prontitud, y cuando ya estaba casi arriba, el señorito Iván,

ahí no, Paco, coño, esa encina es muy chica, ¿es que no lo ves?, busca la atalaya como siempre has hecho, no me seas holgazán,

124

y Paco, el Bajo, descendía, buscaba la atalaya y
otra vez arriba, hasta la copa, el cimbel en la mano,
pero una mañana,

ahora sí que la jodimos, señorito Iván, olvidé
los capirotes en casa,

y el señorito Iván, que andaba ese día engolosinado, que el cielo negreaba de palomas sobre el encinar de las Planas, dijo imperiosamente,

pues ciega al palomo y no perdamos más tiempo,

y Paco, el Bajo,

¿le ciego, señorito Iván, o le armo un capirote
con el pañuelo?

y el señorito Iván,

¿no me oíste?,

y Paco, el Bajo, sin hacerse de rogar, se afianzó en
la rama, abrió la navaja y en un dos por tres vació
los ojos del cimbel y el pájaro, repentinamente
ciego, hacía unos movimientos torpes y atolon-
drados, pero eficaces, pues doblaban más pájaros
que de costumbre y el señorito Iván no se paraba
en barras,

Paco, has de cegar a todos los palomos, ¿oyes?,
con los dichosos capirotes entra la luz y los ani-
males no cumplen,

y así un día y otro, hasta que una tarde, al cabo de
semana y media de salir al campo, según descendía Paco, el Bajo, de una gigantesca encina, le fa-

lló la pierna dormida y cayó, despatarrado, como
un fardo, dos metros delante del señorito Iván, y
el señorito Iván, alarmado, pegó un respingo,

¡serás maricón, a poco me aplastas!,
pero Paco se retorcía en el suelo, y el señorito
Iván se aproximó a él y le sujetó la cabeza,

¿te lastimaste, Paco?,
pero Paco, el Bajo, ni podía responder, que el golpe en el pecho le dejó como sin resuello y, tan sólo,
se señalaba la pierna derecha con insistencia,

¡ah, bueno, si no es más que eso...!,
decía el señorito Iván, y trataba de ayudar a Paco,
el Bajo, a ponerse de pie, pero Paco, el Bajo,
cuando al fin pudo articular palabra, dijo, recostado en el tronco de la encina,

la pierna esta no me tiene, señorito Iván, está
como tonta,
y el señorito Iván,

¿que no te tiene?, ¡anda!, no me seas aprensi-
vo, Paco, si la dejas enfriar va a ser peor,
mas Paco, el Bajo, intentó dar un paso y cayó,

no puedo, señorito, está mancada, yo mismo
sentí cómo tronzaba el hueso,
y el señorito Iván,

también es mariconada, coño, y ¿quién va a
amarrarme el cimbel ahora con la junta de torcaces que hay en las Planas?
y Paco, el Bajo, desde el suelo, sintiéndose ínti-
mamente culpable, sugirió para aplacarle,

126

tal vez el Quirce, mi muchacho, él es habilido-
so, señorito Iván, un poco morugo pero puede
servirle,

y fruncía la cara porque le dolía la pierna, y el señorito Iván dio unos pasos con la cabeza gacha,
dubitativo, pero finalmente, se arrimó al bocace-
rral, hizo bocina con las manos y voceó hacia el
Cortijo, una, dos, tres veces, cada vez más recio,
más impaciente, más repudrido, y, como no acu-
diera nadie a las voces, se le soltó la lengua y se
puso a jurar y, al cabo, se volvió a Paco, el Bajo,

¿seguro que no te puedes valer, Paco?,

y Paco, el Bajo, recostado en el tronco de la encina,

mal lo veo, señorito Iván,

y, de repente, asomó el muchacho mayor de Facundo por el portón de la corralada y el señorito
Iván sacó del bolsillo un pañuelo blanco y lo agitó repetidamente y el muchacho de Facundo respondió moviendo los brazos como aspas y, al
cabo de un cuarto de hora, ya estaba jadeando
junto a ellos, que cuando el señorito Iván llamaba, había que apresurarse, ya se sabía, sobre todo
si andaba con la escopeta, y el señorito Iván le
puso las manos en los hombros y se los oprimió
para que advirtiese la importancia de su misión y
le dijo,

que suban dos, ¿oyes?, los que sean, para ayu-

dar a Paco, que se ha lastimado, y el Quirce
para acompañarme a mí
¿has entendido?,
y según hablaba, el muchacho, de ojos vivaces y
tez renegrida, asentía, y el señorito Iván indicó
con la barbilla para Paco, el Bajo, y dijo a modo
de aclaración,
el maricón de él se ha dado una costalada, ya
ves qué oportuno,
y, al rato, vinieron dos del Cortijo y se llevaron a
Paco tendido en unas angarillas y el señorito Iván
se internó en el encinar con el Quirce, tratando de
conectar con él, mas el Quirce, chitón, sí, no, puede, a lo mejor, hosco, reconcentrado, hermético,
que más parecía mudo pero, a cambio, el jodido
se daba maña con el cimbel, que era un virtuoso,
menuda, que bastaba decirle, recio, suave, templa, seco, para que acatara rigurosamente la or-
den, y sus movimientos eran tan precisos, que las
torcaces doblaban sin desconfianza sobre el reclamo y el señorito Iván, ¡pim-pam!, ¡pim-pam!, tra-
queaba sin pausa, que no daba abasto, pero erra-
ba una y otra vez y, a cada yerro, echaba sapos y
culebras por la boca, pero lo más enojoso era que,
en justicia, no podía desplazar las culpas sobre
otro y, al margen de esto, le mortificaba que el
Quirce fuese testigo de sus yerros y le decía,
el percance de tu padre me ha puesto tem-

blón, muchacho, en la vida erré tantos palomos como hoy,
y el Quirce, camuflado entre las hojas, respondía
indiferente,
    puede,
y el señorito Iván se descomponía,
    no es que pueda o deje de poder, coño, es una
    verdad como un templo, lo que te estoy di-
    ciendo va a misa,
y ¡pim-pam!, ¡pim-pam!, ¡pim-pam!,
    ¡otro maricón a criar!,
vociferaba el señorito Iván, y el Quirce, arriba, en
silencio, quieto parado, como si no fuera con él y,
tan pronto regresaron al Cortijo, el señorito Iván
pasó por casa de Paco,
    ¿cómo vamos, Paco? ¿cómo te encuentras?,
y Paco, el Bajo,
    tirando, señorito Iván,
tenía la pierna extendida sobre un taburete y el
tobillo grueso, hinchado como un neumático,
    es una mancadura mala, ¿no le sintió chascar
    al hueso?
pero el señorito Iván iba a lo suyo,
    en la vida erré más palomos que esta mañana,
    Paco, ¡qué cosas!, parecía un principiante,
    ¿qué habrá pensado tu muchacho?,
y Paco, el Bajo,
    a ver, los nervios, natural,

y el señorito Iván,

natural, natural, no busques excusas, ¿de veras te parece natural, Paco, con las horas de vuelo que yo tengo, errar una zurita atravesada, de aquí al geranio?, ¿eh?, habla, Paco, ¿es que me has visto errar alguna vez un palomo atravesado de aquí al geranio?,

y el Quirce tras él, ausente, aburrido, el ramo de palomos en una mano y la escopeta enfundada en la otra, taciturno, silencioso, y, en éstas, apareció en la puerta de la casa, bajo el emparrado, el Azarías, descalzo, los pies mugrientos, el pantalón en las corvas, sonriendo con las encías, rutando como un cachorro, y Paco, levemente azorado, le señaló con un dedo formulariamente,

aquí, mi cuñado,

dijo, y el señorito Iván analizó atentamente al Azarías,

sí que tienes una familia apañada,

comentó, pero el Azarías, como atraído por una fuerza magnética, se iba aproximando a la percha y miraba engolosinado hacia los palomos muertos y, de pronto, les echó mano, y los examinaba uno por uno, les hurgaba en las patas y en el pico, para comprobar si eran nuevos o viejos, machos o hembras, y, al cabo de un rato, levantó sus ojos adormilados y los posó en los del señorito Iván,

¿se los desplumo?,

inquirió expectante, y el señorito Iván,

¿es que sabes desplumar palomos?

y terció Paco, el Bajo,

anda, que si no fuera a saber, en la vida hizo
otra cosa,

y, sin más explicaciones, el señorito Iván tomó la
percha de manos del Quirce y se la entregó al
Azarías,

ten,

dijo,

y cuando los desplumes, se los llevas a doña
Purita, de mi parte, ¿te recordarás?, en cuanto
a ti, Paco, avíate, nos vamos a Cordovilla, donde el médico, no me gusta esa pierna, y el 22
tenemos batida,

y entre el señorito Iván, el Quirce y la Régula,
acomodaron a Paco, el Bajo, en el Land Rover y,
una vez en Cordovilla, don Manuel, el doctor, le
palpó el tobillo, intentó moverlo, le hizo dos ra-
diografías y, al acabar, enarcó las cejas,

ni necesito verlas, el peroné,

dijo, y el señorito Iván,

¿qué?,

está tronzado,

pero el señorito Iván se resistía a admitir las palabras del doctor,

no me jodas, Manolo, el 22 tenemos batida en
la finca, yo no puedo prescindir de él,

131

y don Manuel, que tenía los ojos muy negros, muy juntos y muy penetrantes, como los de un inquisidor, y el cogote recto, como si lo hubieran alisado con una llana, levantó los hombros,

yo te digo lo que hay, Iván, luego tú haces lo que te dé la gana, tú eres el amo de la burra,

y el señorito Iván torció la boca, contrariado,

no es eso, Manolo,

y el doctor,

de momento no puedo hacer otra cosa que ponerle una férula, esto está muy inflamado y escayolando no adelantaríamos nada, dentro de una semana le vuelves a traer por aquí,

y Paco, el Bajo, callaba y miraba ladinamente a uno y a otro,

estas fracturas de maléolo no son graves, pero dan guerra, lo siento, Vancito, pero tendrás que agenciarte otro secretario,

y el señorito Iván, tras unos instantes de perplejidad,

menuda mariconada, oye, y el caso es que todavía estoy de suerte, cayó tal que ahí,

indicaba el borde de la alfombra,

el maricón no me ha desnucado de milagro,

y, al cabo de unos minutos de conversación, regresaron al Cortijo y, transcurrida una semana, el señorito Iván pasó a recoger a Paco, el Bajo, en

el Land Rover y volvieron a Cordovilla, y antes
de que el doctor le quitase la férula, el señorito
Iván le encareció,

 ¿no podrías ingeniártelas, Manolo, para que el
 22 pudiera valerse?,
pero el doctor movía enérgicamente su aplanado
cogote, denegando,

 pero si el 22 es pasado mañana como quien
 dice, Iván, y este hombre debe estar cuarenta y
 cinco días con el yeso, eso sí, puedes mercarle
 un par de bastones para que dentro de una semana empiece a moverse dentro de casa,
y una vez concluyó de enyesarle, Paco, el Bajo, y
el señorito Iván iniciaron el regreso al Cortijo e
iban en silencio, distanciados, como si algún lazo
fundamental acabara de romperse entre ellos, y
de cuando en cuando, Paco, el Bajo, suspiraba,
sintiéndose responsable de aquella quiebra, e intentaba diluir la tensión,

 créame que más lo siento yo, señorito Iván,
pero el señorito Iván, los ojos fijos más allá del
cristal del parabrisas, conducía con el ceño frun-
cido, sin decir palabra, y Paco, el Bajo, sonreía, y
hacía un esfuerzo por mover la pierna,

 ya pesa este chisme, ya,
añadía, mas el señorito Iván seguía inmóvil, pensativo, sorteando los baches, hasta que a la cuarta
tentativa de Paco, el Bajo, se disparó,

mira, Paco, los médicos pueden decir misa, pero lo que tú tienes que hacer es no dejarte, esforzarte, andar; mi abuela, que gloria haya, se dejó, y tú lo sabes, coja para los restos; en estos casos, con bastones o sin bastones, hay que moverse, salir al campo, aunque duela, si te dejas ya estás sentenciado, te lo digo yo, y, al franquear el portón del Cortijo, se toparon en el patio con el Azarías, la grajeta al hombro, y el Azarías, al sentir el motor, se volvió hacia ellos y se aproximó a la ventanilla delantera del Land Rover y reía mostrando las encías, babeando,

no quiso irse con las milanas, ¿verdad, Quirce?, decía, acariciando a la grajeta, pero el Quirce callaba, mirando al señorito Iván con sus pupilas oscuras, redondas y taciturnas, como las de una pitorra, y el señorito Iván se apeó del coche fascinado por el pájaro negro posado sobre el hombro del Azarías,

¿es que también sabes amaestrar pájaros?, preguntó, y extendió el brazo con el propósito de atrapar a la grajilla, pero el ave emitió un «quia» atemorizado y voló hasta el alero de la capilla y el Azarías reía, moviendo hacia los lados la mandíbula,

se acobarda,

dijo, y el señorito Iván,

natural, me extraña, no me conoce,

y elevaba los ojos hasta el pájaro,

¿y ya no baja de ahí?,

inquirió, y el Azarías,

qué hacer no bajar, atienda,

y su garganta moduló un «quia» aterciopelado, untuoso, y la grajeta penduleó unos instantes, inquieta, sobre sus patas, oteó la corralada ladeando la cabeza y, finalmente, se lanzó al vacío, las alas abiertas, planeando, describió dos círculos en torno al automóvil, se posó sobre el hombro del Azarías, y se puso a escarbar en su cogote, metiendo el pico entre su pelo cano, como si le despiojase, y el señorito Iván, asombrado,

está chusco eso, vuela y no se larga,

y Paco, el Bajo, se aproximó lentamente al grupo, descansando en las cachabas el peso de su cuerpo, y dijo, dirigiéndose al señorito Iván,

a ver, la ha criado él y está enseñada, usted verá,

y el señorito Iván, cada vez más interesado,

¿y qué hace este bicho durante el día?

y Paco, el Bajo,

mire, lo de todos, descorteza alcornoques, busca cristales, se afila el pico en la piedra del abrevadero, echa una siesta en el sauce, el animal pasa el tiempo como puede,

y, conforme hablaba Paco, el señorito Iván observaba detenidamente al Azarías, y, al cabo de un rato, miró a Paco, el Bajo, y dijo a media voz, dejando resbalar las palabras por el hombro, como si hablara consigo mismo,

digo, Paco, que con estas mañas que se gasta, ¿no haría tu cuñado un buen secretario?,

pero Paco, el Bajo, negó con la cabeza, descansó el cuerpo sobre el pie izquierdo para señalarse la frente con la mano derecha y dijo,

con el palomo, puede, para la perdiz es corto de entendederas,

y, a partir de ese día, el señorito Iván visitaba cada mañana a Paco, el Bajo, y le incitaba,

Paco, muévete, coño, no te dejes, que más pareces un paralítico, no olvides lo que te dije,

pero Paco, el Bajo, le miraba con sus melancólicos ojos de perdiguero enfermo,

qué fácil se dice, señorito Iván,

y el señorito Iván,

mira que el 22 está encima,

y Paco, el Bajo,

¿y qué vamos a hacerle?, más lo siento yo, señorito Iván,

y el señorito Iván,

más lo siento yo, más lo siento yo, mentira podrida, el hombre es voluntad, Paco, coño, que no quieres entenderlo y, donde no hay voluntad, no hay hombre, Paco, desengáñate, que has de esforzarte aunque te duela, si no no harás nunca vida de ti, te quedarás inútil para los restos, ¿oyes?,

y le instaba, le apremiaba, le urgía el señorito Iván, hasta que Paco, el Bajo, farfullaba entre sollozos,

de que poso el pie es como si me lo rebanaran por el empeine con un serrucho, no vea el dolor, señorito Iván,

y el señorito Iván,

aprensiones, Paco, aprensiones, ¿es que no puedes ayudarte con las muletas?,

y Paco, el Bajo,

ya ve, a paso tardo y por lo llano,

pero amaneció el día 22 y el señorito Iván, erre que erre, se presentó con el alba a la puerta de Paco, el Bajo, en el Land Rover marrón,

venga, arriba, Paco, ya andaremos con cuidado, tú no te preocupes,

y Paco, el Bajo, que se acercó a él con cierta reticencia, en cuanto olió el sebo de las botas y el tomillo y el espliego de los bajos de los pantalones del señorito, se olvidó de su pierna y se subió al coche mientras la Régula lloriqueaba,

a ver si esto nos va a dar que sentir, señorito Iván,

y el señorito Iván,

tranquila, Régula, te lo devolveré entero,

y en la Casa Grande exultaban los señoritos de

137

Madrid con los preparativos, y el señor Ministro, y el señor Conde, y la señorita Miriam, que también gustaba del tiro en batida, y todos fumaban y levantaban la voz mientras desayunaban café con migas y, conforme entró Paco en el comedor, acreció la euforia, que Paco, el Bajo, parecía polarizar el interés de la batida, y cada uno por su lado,

¡hombre, Paco!,

¿cómo fue para caerte, Paco, coño?, claro que peor hubiera sido romperte las narices,

y el Embajador trataba de exponer a media voz al señor Ministro las virtudes cinegéticas de Paco, el Bajo, y Paco procuraba atender a unos y a otros y subrayaba adelantando las muletas, como poniéndolas por testigos,

disculpen que no me descubra,

y ellos,

faltaría más, Paco,

y la señorita Miriam, sonriendo, con aquella su sonrisa abierta y luminosa,

¿tendremos buen día, Paco?,

y ante la inminencia del vaticinio, se abrió un silencio entre los invitados y Paco, el Bajo, sentenció, dirigiéndose a todos,

la mañana está rasa, si las cosas no se tuercen yo me pienso que entrará ganado,

y, en éstas, el señorito Iván sacó de un cajoncito de la arqueta florentina el estuche de cuero, en-

negrecido por el manoseo y el tiempo, con las la-
minillas de nácar, como si fuera una pitillera, y alguien dijo,

ha sonado la hora de la verdad,

y, uno a uno, ceremoniosamente, como cumplien-
do un viejo rito, cogieron una laminilla con el nú-
mero oculto en el extremo,

rotaremos de dos en dos,

advirtió el señorito Iván, y el señor Conde fue el
primero en consultar su laminilla y exclamó a voz
en cuello,

¡el nueve!,

y, sin dar explicaciones, tontamente, empezó a
palmotear, y con tanto entusiasmo se aplaudía y
tanta satisfacción irradiaba su rostro, que el señor Ministro se llegó a él,

¿tan bueno es el nueve, Conde?,

y el señor Conde,

¿bueno?, tú me dirás, Ministro, un canchal, a
la caída de un cerro, en la vaguada, se descuel-
gan como tontas y cuando te quieren ver ni
tiempo las da de repullarse; cuarenta y tres
colgué el año pasado en ese puesto,

y, mientras tanto, el señorito Iván iba anotando
en una agenda los nombres de las escopetas con
los números correspondientes, y una vez que
apuntó el último, guardó la agenda en el bolsillo
alto del chaleco-canana,

andando, que se hace tarde,

apremió, y cada cual se encaramó en su Land Rover con los secretarios y el juego de escopetas gemelas y los zurrones de los cartuchos, mientras Crespo, el Guarda Mayor, acomodaba a los batidores, los cornetines y los abanderados en los remolques de los tractores y, al fin, todos se pusieron en marcha, y el señorito Iván mostraba con Paco, el Bajo, toda serie de miramientos, que no es un decir, que le arrimaba a la pantalla en el jeep aunque no hubiera carril, a campo través, incluso, si fuera preciso, vadeando los arroyos en estiaje, con todo cuidado,

tú, Paco, aguarda aquí, no te muevas, voy a esconder el coche tras esas carrascas,

o sea, que todo iba bien, lo único la cobra, pues Paco se desenvolvía torpemente con los bastones, se demoraba, y los secretarios de los puestos vecinos, aprovechándose de su lentitud, le trincaban los pájaros muertos,

señorito Iván, el Ceferino se lleva dos pájaros perdices que no son suyos,

se lamentaba, y el señorito Iván, enfurecido,

Ceferino, vengan esos dos pájaros, me cago en la madre que te parió, a ver si el pie de Paco va a servir para que os burléis de un pobre inútil,

voceaba, pero, otras veces, era Facundo y, otras, Ezequiel, el Porquero, y el señorito Iván no podía

140

contra todos, imposible luchar con eficacia en todos los frentes, y cada vez más harto, de peor humor,

¿no puedes moverte un poquito más vivo, Paco, coño?, pareces una apisonadora, si te descuidas te van a robar hasta los calzones,

y Paco, el Bajo, procuraba hacer un esfuerzo, pero los cerros de los rastrojos dificultaban sus movimientos, no le permitían poner plano el pie, y, en una de éstas, ¡zas!, Paco, el Bajo, al suelo, como un sapo,

¡ay señorito Iván, que me se ha vuelto a tronzar el hueso, que le he sentido!,

y el señorito Iván, que por primera vez en la historia del Cortijo llevaba en la tercera batida cinco pájaros menos que el señor Conde, se llegó a él fuera de sí, echando pestes por la boca,

¿qué te pasa ahora, Paco, coño?, ya es mucha mariconería esto, ¿no te parece?,

pero Paco, el Bajo, insistía desde el suelo,

la pierna, señorito, se ha vuelto a tronzar el hueso,

y los juramentos del señorito Iván se oían en Cordovilla,

¿es que no puedes menearte?, intenta, al menos, ponerte en pie, hombre,

pero Paco, el Bajo, ni lo intentaba, reclinado en el cembo, se sujetaba la pierna enferma con ambas manos, ajeno a los juramentos del señorito Iván, por lo que, al fin, el señorito Iván claudicó,

de acuerdo, Paco, ahora te arrima Crespo a casa, te acuestas y, a la tarde, cuando terminemos, te llevaré donde don Manuel,

y, horas más tarde, don Manuel, el médico, se incomodó al verlo,

podría usted poner más cuidado,

y Paco, el Bajo, intentó justificarse,

yo...,

pero el señorito Iván tenía prisa, lo interrumpió,

aviva Manolo, tengo solo al Ministro,

y el doctor, enojado,

ha vuelto a fracturar, lógico, una soldadura de tallo verde, inmovilidad absoluta,

y el señorito Iván,

¿y mañana?, ¿qué voy a hacer mañana, Manolo?, no es un capricho, te lo juro,

y el doctor, mientras se quitaba la bata,

haz lo que quieras, Vancito, si quieres desgraciar a este hombre para los restos, allá tú,

y ya en el Land Rover marrón, el señorito Iván, taciturno y silencioso, encendía cigarrillos todo el tiempo, sin mirarlo, tal que si Paco, el Bajo, lo hubiera hecho a posta,

también es mariconada,

repetía solamente, entre dientes, de cuando en cuando, y Paco, el Bajo, callaba, y notaba la humedad de la nueva escayola en la pantorrilla, y, al cruzar lo de las Tapas, salieron aullando los mastines detrás del coche y, con los ladridos, el señorito Iván pareció salir de su ensimismamiento, sacudió la cabeza como si quisiera expulsar un fantasma y le preguntó a Paco, el Bajo, de sopetón,

¿cuál de tus dos chicos es más espabilado?,

y Paco,

allá se andan,

y el señorito Iván,

el que me acompañó con el palomo, ¿cómo se llama?,

el Quirce, señorito Iván, es más campero,

y el señorito Iván, tras una pausa,

tampoco se puede decir que sea muy hablador,

y Paco,

pues, no señor, así las gasta, cosas de la juventud,

y el señorito Iván, mientras prendía un nuevo cigarrillo,

¿puedes decirme, Paco, qué quiere la juventud actual que no está a gusto en ninguna parte?,

y, a la mañana siguiente, el señorito Iván, en la pantalla, se sentía incómodo ante el tenso hermetismo del Quirce, ante su olímpica indiferencia,

¿es que te aburres?,

le preguntaba, y el Quirce,

mire, ni me aburro ni me dejo de aburrir,

y tornaba a guardar silencio, ajeno a la batida, pero cargaba con presteza y seguridad las escopetas gemelas y localizaba sabiamente, sin un error, las perdices derribadas, mas, a la hora de la cobra, se mostraba débil, condescendiente ante la avidez insaciable de los secretarios vecinos, y el señorito Iván bramaba,

Ceferino, maricón, no te aproveches de que el chico es nuevo, ¡venga, dale ese pájaro!,

y, arropados por la pantalla, que era una situación casi doméstica que invitaba a la confidencia, el señorito Iván intentaba ganarse al Quirce, insuflarle un poquito de entusiasmo, pero el muchacho, sí, no, puede, a lo mejor, mire, cada vez más lejano y renuente, y el señorito Iván iba cargándose como de electricidad, y así que concluyó el cacerío, en el amplio comedor de la Casa Grande, se desahogó,

los jóvenes, digo, Ministro, no saben ni lo que quieren, que en esta bendita paz que disfrutamos les ha resultado todo demasiado fácil, una guerra les daba yo, tú me dirás, que nunca han vivido como viven hoy, que a nadie le faltan cinco duros en el bolsillo, que es lo que yo pienso, que el tener les hace orgullosos, que ¿qué diréis que me hizo el muchacho de Paco esta tarde?, y el Ministro le miraba con el rabillo del ojo, mientras devoraba con apetito el solomillo y se pasaba cuidadosamente la servilleta blanca por los labios,

tú dirás,

y el señorito Iván,

muy sencillo, al acabar el cacerío, le largo un billete de cien, veinte duritos, ¿no?, y él, deje, no se moleste, que yo, te tomas unas copas, hombre, y él, gracias, le he dicho que no, bueno, pues no hubo manera, ¿qué te parece?, que yo recuerdo antes, bueno, hace cuatro días, su mismo padre, Paco, digo, gracias, señorito Iván, o por muchas veces, señorito Iván, otro respeto, que se diría que hoy a los jóvenes les molesta aceptar una jerarquía, pero es lo que yo digo, Ministro, que a lo mejor estoy equivocado, pero el que más y el que menos todos tenemos que acatar una jerarquía, unos debajo y otros arriba, es ley de vida, ¿no?,

y la concurrencia quedó unos minutos en suspenso, mientras el Ministro asentía y masticaba, sin poder hablar, y, una vez que tragó el bocado, se pasó delicadamente la servilleta blanca por los labios y sentenció,

la crisis de autoridad afecta hoy a todos los niveles,

y los comensales aprobaron las palabras del Ministro con cabezadas adulatorias y frases de asentimiento, mientras la Nieves cambiaba los platos, retiraba el sucio con la mano izquierda y ponía el limpio con la derecha, la mirada recogida, los labios inmóviles, y el señorito Iván seguía las evoluciones de la chica con atención, y, al llegar junto a él, la miró de plano, descaradamente, y la muchacha se encendió toda y dijo, entonces, el señorito Iván,

tu hermano, digo, niña, el Quirce, ¿puedes decirme por qué es tan morugo?,

y la Nieves, cada vez más sofocada, levantó los hombros y sonrió remotamente, y, finalmente, le puso el plato limpio por el lado derecho con mano temblorosa, y así anduvo sin dar pie con bola toda la cena y, a la noche, a la hora de acostarse, el señorito Iván volvió a llamarla,

niña, tira de este boto, ¿quieres?, ahora le ha dado por decir que no y no hay forma de ponerlo fuera,

y la niña tiró del boto, primero de la punta y, luego, del talón, punta-talón, punta-talón, basculando, hasta que el boto salió y, entonces, el señorito Iván levantó perezosamente la otra pierna hasta la descalzadora,

ahora el otro, niña, ya haz el favor completo,

y cuando la Nieves sacó el otro boto, el señorito Iván descansó los pies sobre la alfombra, sonrió

146

imperceptiblemente y dijo, mirando a la muchacha,

   ¿sabes, niña, que has empollinado de repente
   y se te ha puesto una bonita figura?,
y la Nieves turbada, con un hilo de voz,

   si el señorito no necesita otra cosa...,
pero el señorito Iván rompió a reír, con su risa
franca, resplandeciente,

   ninguno salís a tu padre, a Paco, digo, niña,
   ¿es que también te molesta que elogie tu figura?,
y la Nieves,

   no es eso, señorito Iván,
y, entonces, el señorito Iván sacó la pitillera del
bolsillo, golpeó un cigarrillo contra ella y lo encendió,

   ¿qué tiempo te tienes tú, niña?,
y la Nieves,

   voy para quince, señorito Iván,
y el señorito Iván recostó la nuca en el respaldo
de la butaca y expulsó el humo en tenues volutas,
despacio, recreándose,

   verdaderamente no son muchos, puedes reti-
   rarte,
admitió, mas cuando la Nieves alcanzaba la puerta voceó,

   ¡ah! y dile a tu hermano que para la próxima
   no sea tan desabrido, niña,

y salió la Nieves, pero en la cocina, fregando los cacharros, no podía parar, descabalaba los platos, hizo añicos una fuente, que la Leticia, la de Cordovilla, que subía al Cortijo con ocasión de las batidas, le preguntaba,

¿puede saberse qué te pasa esta noche, niña?, pero la Nieves callada, que no salía de su desconcierto, y cuando concluyó, dadas ya las doce, al atravesar el jardín, camino de su casa, descubrió al señorito Iván y a doña Purita besándose ferozmente a la luz de la luna bajo la pérgola del cenador.

Libro sexto

El crimen

Don Pedro, el Périto, se presentó en la casa de
Paco, el Bajo, vacilante, inseguro, pero con estudiada prosopopeya, aunque la comisura de la boca
tiraba de la mejilla hacia la oreja derecha, demos-
trando su inestabilidad,

así que no viste salir a la señora, a doña Purita,
digo, Régula,
y la Régula,

ae, no señor, don Pedro, por el portón no salió, ya se lo digo, anoche no quitamos la tranca
más que para que pasara el coche del señorito
Iván,
y don Pedro, el Périto,

¿estás segura de lo que dices, Régula?,
y la Régula,

ae, como que a estos ojos se los ha de comer la
tierra, don Pedro,
y, a su lado, Paco, el Bajo, apoyado en los bastones,
refrendaba las palabras de la Régula, y Azarías

153

sonreía bobamente con la grajeta sobre el hombro, y, en vista de que no sacaba nada en limpio, don Pedro, el Périto, desistió, se separó del grupo y se alejó corralada adelante, hacia la Casa Grande, la cabeza humillada, replegados los hombros, golpeándose alternativamente los bolsillos del tabardo como si, en lugar de la mujer, hubiera perdido la cartera, y, cuando desapareció de su vista, la Nieves salió a la puerta con la Charito en los brazos y dijo de sopetón,

padre, doña Purita andaba anoche abrazándose en el cenador con el señorito Iván, ¡madre qué besos!,

humilló la cabeza como excusándose y Paco, el Bajo, adelantó los bastones y, apoyándose en ellos, se llegó a la Nieves,

tú calla la boca, niña,

alarmado,

¿sabe alguien que los viste juntos?,

y la Nieves,

¿quién lo iba a saber?, eran ya más de las doce y en la Casa Grande no quedaba alma,

y Paco, el Bajo, cuya inquietud se desbordaba por los ojos, por los sensitivos agujeros de su chata nariz, bajó aún más la voz,

de esto ni una palabra, ¿oyes?, en estos asuntos de los señoritos, tú, oír, ver y callar,

mas no habían concluido la conversación, cuando

regresó don Pedro, el Périto, el chaquetón desa-
botonado, sin corbata, lívido, las grandes manos
peludas caídas a lo largo del cuerpo y con la mandíbula inferior como desarticulada,

decididamente doña Purita no está en la Casa,
dijo, tras breve vacilación,

no está en ninguna parte doña Purita, den razón al personal del Cortijo, a lo mejor han rap-
tado a doña Purita y estamos aquí, cruzados
de brazos, perdiendo el tiempo,

pero él no estaba cruzado de brazos, sino que se
frotaba una mano con otra y levantaba hacia ellos
sus ojos enloquecidos y Paco, el Bajo, fue dando
razón, casa por casa, alrededor de la corralada, y,
una vez que todos estuvieron reunidos, don Pedro, el Périto, se encaramó al abrevadero y comu-
nicó la desaparición de doña Purita,

quedó en la Casa Grande dirigiendo la recogida
cuando yo me acosté, después no la he vuelto a
ver, ¿alguno de vosotros ha visto a doña Purita
pasada la medianoche?

y los hombres se miraban entre sí, con expresión
indescifrable, y alguno montaba el labio inferior
sobre el superior para hacer más ostensible su
ignorancia, o negaban categóricamente con la cabeza, y Paco, el Bajo, miraba fijo para la Nieves,
pero la Nieves se dejaba mirar y mecía acompasa-
damente a la Charito, sin decir que sí ni que no,

155

impasible, pero, de pronto, don Pedro, el Périto, se encaró con ella y la Nieves se arreboló toda, sobresaltada,

niña,

dijo,

tú estabas en la Casa Grande cuando nos reti- ramos y doña Purita andaba por allí, trastean- do, ¿es que no la viste luego?,

y la Nieves, aturdida, denegaba, acompasaba con la cabeza el vaivén de sus brazos acunando a la Niña Chica, y, ante su negativa, don Pedro, el Pé- rito, volvió a palparse repetidamente, desolada- mente, los grandes bolsillos de fuelle de su cha- quetón y a mover nerviosamente la comisura de- recha de la boca, mordiéndose la mejilla por den- tro,

está bien,

dijo,

podéis marcharos,

se volvió a la Régula,

tú, Régula, aguarda un momento,

y, al quedar mano a mano con la Régula, el hom- bre se desarmó, que,

doña Purita ha tenido que salir con él, con el señorito Iván, digo, Régula, simplemente por embromarme, no te pienses otra cosa, que eso no, pero forzosamente ha tenido que salir por el portón, no cabe otra explicación,

y la Régula,

ae, pues con el señorito Iván bien fijo que no iba, don Pedro, que el señorito Iván iba solo, tal que así, y nada más me dijo, me dijo, Régula, cuídame a ese hombre, por el Paco, ¿sabe?, que antes de fin de mes he de volver por el palomo y me hace falta, eso me dijo, y yo le quité la tranca y él se marchó,

pero don Pedro, el Périto, se impacientaba,

el señorito Iván llevaba el Mercedes, ¿no es cierto Régula?,

y a la Régula se le aplanó la mirada,

ae, don Pedro, ya sabe que yo de eso no entiendo, el coche azul traía, ¿le basta?,

el Mercedes,

ratificó don Pedro, e hizo unos visajes en cadena tan rápidos y pronunciados que la Régula pensó que jamás de los jamases se le volvería a poner derecha la cara,

una cosa, Régula, ¿te fijaste... te fijaste si en el asiento trasero llevaba, por casualidad, el señorito Iván la gabardina, ropa alguna, o la maleta?,

y la Régula,

ae, ni reparé en ello, don Pedro, si quiere que le diga mi verdad,

y don Pedro trató de sonreír para restar importancia al asunto, pero le salió una mueca helada y, con ese gesto de dolor de estómago en los labios, se inclinó confidencial sobre el oído de la Régula y puntualizó,

Régula, piénsatelo dos veces antes de contestar, ¿no iría... no iría doña Purita dentro del coche, tumbada, pongo por caso, en el asiento posterior, cubierta con un abrigo u otra prenda cualquiera?, entiéndeme, yo no es que desconfíe, tú ya me comprendes, sino que tal vez andaba de broma y se me ha largado a Madrid para darme achares,

y la Régula, cuya mirada se afilaba por momentos, insistió en su negativa,

ae, yo no vi más que al señorito Iván, don Pedro, que el señorito Iván, cuando yo me arrimé, me dijo, Régula, cuídame a ese hombre, por el Paco, ¿sabe?...,

ya, ya, ya...,

interrumpió don Pedro, colérico,

ese cuento ya me lo has contado, Régula,

y bruscamente dio media vuelta y se alejó, y, a partir de ese momento, se le vio por el Cortijo vagando de un sitio a otro, sin meta determinada, la barbilla en el pecho, la espalda encorvada, los hombros encogidos, como si quisiera hacerse invisible, batiendo, de cuando en cuando, con las palmas de sus manos en los bolsones del chaquetón, desalentado, y así transcurrió una semana, y el sábado siguiente, cuando sonó ante el portón del Cortijo el claxon del Mercedes, don Pedro, el Périto, se puso temblón y se sujetaba una mano con otra para que no se le notase, pero acudió presuroso a la puerta y, en tanto la Régula retiraba la tranca, él, don Pedro, trataba de serenarse, y una vez que el coche se puso en marcha y se deslizó suavemente hasta los arriates de geranios, todos pudieron comprobar que el señorito Iván venía solo, con su cazadora de ante llena de cremalleras, y su *foulard* al cuello y la visera de pana fina sombreándole el ojo derecho, y, más abajo, resaltando sobre la piel dorada, su amplia sonrisa blanquísima, y don Pedro, el Périto, no pudo contener su ansiedad y allí mismo, en el patio, ante la Régula y Paco, el Bajo, que había salido hasta la puerta, le preguntó,

una cosa, Iván, ¿no viste por casualidad a Purita la otra noche después de la comida? No sé qué ha podido sucederle, en el Cortijo no está y...,

y, a medida que hablaba, la sonrisa del señorito Iván se hacía más ancha y su dentadura destellaba y, con estudiada frivolidad, dio un papirotazo a la gorra con un dedo y ésta se levantó dejando al descubierto la frente y el nacimiento de su pelo negrísimo, y,

no me digas que has perdido a tu mujer, Pedro, está bueno eso, ¿no habréis regañado como de

costumbre y andará en casa de su madre espe-
rando tu santo advenimiento?,

y don Pedro movía arriba y abajo sus hombros
huesudos, que en una semana se había dado este
hombre lo que otros en veinte años, virgen, que
tenía las mejillas estiradas y azules de puro páli-
das y hacía constantes aspavientos con la boca y,
finalmente, reconoció,

regañar, sí regañamos, Iván, las cosas como
son, como tantas noches, pero dime, ¿por dónde ha salido del Cortijo esta mujer, si la Régula
jura y perjura que no retiró la tranca más que
para ti, eh?, hazte cuenta que de haber escapado a campo través, por los encinares, los mastines la hubieran destrozado, tú sabes cómo las
gastan esos perros, Iván, que son peores que
las fieras,

y el señorito Iván se ensortijaba un mechón de
pelo en su índice derecho y parecía reflexionar y,
al cabo de un rato, dijo,

si habíais regañado, ella pudo meterse en la maleta de mi coche, Pedro, o en el hueco del asiento trasero, el Mercedes es muy capaz, ¿comprendes?, meterse en cualquier sitio, digo, Pedro, sin que yo me enterase y luego apearse en
Cordovilla, o en Fresno, que tomé gasolina, o,
si me apuras, en el mismo Madrid, ¿no?, yo soy
distraído, ni me hubiera dado cuenta...,

y los ojos de don Pedro, el Périto, se iban llenando de luz y de lágrimas,

claro, Iván, naturalmente que pudo ser así, dijo, y el señorito Iván se ajustó la visera, abrió de nuevo su generosa sonrisa y le propinó un amistoso golpe en el hombro a don Pedro, el Périto, a través de la ventanilla,

otra cosa no te pienses, Pedro, que eres muy aficionado al melodrama, la Purita te quiere, tú lo sabes, y además,

rió,

tu frente está lisa como la palma de la mano, puedes dormir tranquilo,

y tornó a reír, inclinado sobre el parabrisas, puso el coche en marcha y se dirigió a la Casa Grande, pero, antes de la hora de la cena, estaba de nuevo en casa de Paco, el Bajo,

¿cómo va esa pierna, Paco?, que antes con el dichoso sofoco de don Pedro, ni siquiera te pregunté,

y Paco, el Bajo,

ya ve, señorito Iván, poquito a poco,

y el señorito Iván se agachó, le miró fijamente a los ojos y le dijo en tono de reto,

a que no tienes huevos, Paco, para salir mañana con el palomo,

y Paco, el Bajo, escrutó la cara del señorito Iván con estupor, tratando de adivinar si hablaba en

161

serio o bromeaba, pero ante la imposibilidad de resolverlo, preguntó,

ს¿lo dice en serio o en broma, señorito Iván?,

y el señorito Iván cruzó el dedo pulgar sobre el índice, lo besó, y puso cara de circunstancias,

hablo en serio, Paco, te lo juro, tú me conoces y sabes que con estas cosas de la caza yo no bromeo, y con tu chico, el Quirce, no me gusta, vaya, te voy a ser franco, Paco, que parece como si le hiciese a uno un favor, ¿comprendes?, y no es eso, Paco, tú me conoces, que de no estar a gusto en el campo prefiero quedarme en casa,

mas Paco, el Bajo, señaló con un dedo la pierna escayolada,

pero, señorito Iván, ¿dónde quiere que vaya con este engorro?,

y el señorito Iván bajó la cabeza,

verdaderamente,

admitió, pero, tras unos segundos de vacilación, levantó los ojos de golpe,

¿y qué me dices de tu cuñado, Paco, ese retrasado, el de la graja?, tú me dijiste una vez que con el palomo podía dar juego,

y Paco, el Bajo, ladeó la cabeza,

el Azarías es inocente, pero pruebe, mire, por probar nada se pierde,

volvió los ojos hacia la fila de casitas molineras, todas gemelas, con el emparrado sobre cada una de las puertas, y voceó,

162

¡Azarías!,

y, al cabo de un rato, se personó el Azarías, el pantalón por las corvas, la sonrisa babeante, masticando la nada,

Azarías,

dijo Paco, el Bajo,

el señorito Iván te quiere llevar mañana al campo con el reclamo...,

¿con la milana?,

atajó Azarías, transfigurado, y Paco, el Bajo,

aguarda, Azarías, no se trata de la milana ahora, sino del cimbel, de los palomos ciegos, ¿entiendes?, hay que amarrarlos a la copa de una encina, moverles con un cordel y aguardar...,

el Azarías asentía,

¿como en la Jara, con el señorito?,

inquirió,

talmente como en la Jara, Azarías,

respondió Paco, el Bajo, y, al día siguiente, a las siete de la mañana, ya estaba el señorito Iván a la puerta con el Land Rover marrón,

¡Azarías!,

¡Señorito!,

se movían silenciosamente en la penumbra, como sombras, que sólo se oía el húmedo entrechocar de las encías del Azarías, mientras en la línea más profunda de la sierra apuntaba ya la aurora,

pon ahí detrás los trebejos y la jaula con los pa-

lomos, ¿llevas la soga para trepar?, ¿vas a su-
bir descalzo a los árboles?, ¿no te lastimarás
los pies?,
pero el Azarías atendía los preparativos sin escu-
charle y, antes de arrancar, sin pedir permiso al
señorito Iván, se llegó al cobertizo, cogió el bote
de pienso compuesto, salió a la corralada, levantó
la cabeza, entreabrió los labios y,
   ¡quia!,
reclamó con la voz afelpada, acusadamente nasal,
y, desde la punta de la veleta, la grajilla respondió
a su llamada,
   ¡quia!,
y el pájaro miró hacia abajo, hacia las sombras que
se movían en torno al coche, y aunque la corralada
estaba aún entre dos luces, se inclinó hacia adelante y se lanzó al vacío, describiendo círculos alrededor del grupo y, finalmente, se posó sobre el hombro derecho del Azarías, entreabriendo las alas
para equilibrarse y, luego, saltó al antebrazo y abrió
el pico, y el Azarías, con la mano izquierda, iba
embutiendo en él pellas de pienso humedecido,
mientras babeaba y musitaba con ternura,
   milana bonita, milana bonita,
y el señorito Iván,
   es cojonudo, come más que vale el pájaro ese,
   ¿es que todavía no sabe comer solo?,
y el Azarías sonreía maliciosamente con las encías,

164

¡qué hacer si no saber!,
y una vez que se sació, como el señorito Iván se
aproximara, la grajeta se arrancó a volar y, al to-
par con la portada de la capilla, se repinó airosa-
mente, la sobrevoló y se posó en el alero, mirando hacia abajo, y, entonces, el Azarías le sonrió e
hizo un ademán de despedida con la mano y, ya
dentro del coche, repitió el ademán por el cristal
trasero, mientras el señorito Iván enfilaba el carril de la sierra y trepaba hacia el encinar del
Moro y, una vez allí, se apearon, el Azarías se orinó las manos al amparo de un carrasco y, al concluir, se encaramó a pulso a la encina más corpulenta, engarfiando las manos en el camal y pasan-
do las piernas flexionadas por el hueco entre los
brazos, como los monos, y el señorito Iván,

    ¿para qué te quieres la soga, Azarías?,
y el Azarías,

    ¿qué falta hace, señorito?, me alarga el chisme
    ese,
y el señorito Iván levantó el balancín con el palomo ciego amarrado y le preguntó,

    ¿qué años te tienes tú, Azarías?
y el Azarías, en lo alto, con el balancín en la mano
izquierda, papaba el viento,

    un año más que el señorito,
respondió, y el señorito Iván, perplejo,

    ¿de qué señorito me estás hablando, Azarías?

y el Azarías, mientras amarraba el balancín,

    del señorito,

y el señorito Iván,

    ¿el de la Jara?,

y el Azarías, asentado en el camal, recostado en el tronco, sonreía bobamente al azul sin responder, en tanto el señorito Iván pinaba unas ramas secas para perfilar el tollo, bajo la encina, y, una vez rematado, atisbó el cielo hacia el sur, un cielo azul tenue, levemente empañado por la calima, y frunció el ceño,

    no se ve rastro de vida, ¿no andaremos pasados de fecha?,

pero el Azarías andaba enredando con el balancín, un-dos, un-dos, un-dos, tal que si fuera un juguete, y el palomo ciego, amarrado al eje, aleteaba frenéticamente para no caerse, y el Azarías sonreía con las encías rosadas y el señorito Iván,

    para quieto, Azarías, no me lo malees, mientras no haya pájaros arriba es bobería amagar,

mas el Azarías continuaba tironeando, un-dos, un-dos, un-dos, a ver, por niñez, por enredar, y el señorito Iván, entre que no se veía un palomo en el cielo y barruntaba una mañana aciaga, se le iba agriando el carácter,

    ¡quieto he dicho, Azarías, coño!, ¿es que no me oyes?,

y, ante su arrebato, el Azarías se acobardó y quedó inmóvil, aculado en el camal, sonriendo a los ángeles, con su sonrisa desdentada, como un niño de pecho, hasta que, transcurridos unos minutos, surgieron cinco zuritas, como cinco puntos negros sobre el azul pálido del firmamento, y el señorito Iván, dentro del escondedero, aprestó la escopeta y musitó con media boca,

ahí vienen, templa ahora, Azarías,

y el Azarías agarró el extremo del cordel y templó,

así, dale, dale,

pero las zuritas ignoraron el reclamo, giraron a la derecha y se perdieron en el horizonte lo mismo que habían venido, mas, un cuarto de hora después, apareció al suroeste un bando más denso y la escena se repitió, las palomas desdeñaron el cimbel y doblaron hacia los encinares del Alcorque, con la consiguiente desesperación del señorito Iván,

no lo quieren, ¡las hijas de la gran puta!, tira para abajo, Azarías, vámonos al Alisón, las pocas que hay parece que se echan hoy a esa querencia,

y el Azarías descendió con el balancín a cuestas, tomaron el Land Rover y, sorteando canchales, se dirigieron al Alisón, y una vez en el mogote, el Azarías se orinó las manos, trepó raudo a un alcornoque gigante, amarró el cimbel y a aguardar, pero tampoco parecía que allí hubiera movimiento, aunque era pronto para determinarlo, pero el señorito Iván enseguida perdía la paciencia,

abajo, Azarías, esto parece un cementerio, no me gusta, ¿sabes?, la cosa se está poniendo fea, y nuevamente cambiaron de puesto, pero las palomas, muy escasas y desperdigadas, se mostraban difidentes, no doblaban al engaño y ya, a media mañana, el señorito Iván, aburrido de tanto aguardo inútil, empezó a disparar a diestro y siniestro, a los estorninos, y a los zorzales, y a los rabilargos, y a las urracas, que más parecía loco, y entre tiro y tiro, voceaba como un enajenado,

¡si las zorras estas dicen que no, es que no!, y cuando se cansó de hacer barrabasadas y de decir incoherencias, regresó junto al árbol y le dijo al Azarías,

desarma el balancín y baja, Azarías, esta mañana no hay nada que hacer, veremos si a la tarde cambia la suerte,

y el Azarías recogió los bártulos y bajó y, conforme franqueaban la ladera soleada, camino del Land Rover, apareció muy alto, por encima de sus cabezas, un nutrido bando de grajetas y el Azarías levantó los ojos, hizo visera con la mano, sonrió, masculló unas palabras ininteligibles, y, finalmente, dio un golpecito en el antebrazo al señorito Iván,

aguarde,

dijo,

y el señorito Iván, malhumorado,

    ¿qué es lo que quieres que aguarde, zascandil?

y el Azarías babeaba y señalaba a lo alto, hacia los graznidos, dulcificados por la distancia, de los pájaros,

    muchas milanas, ¿no las ve?,

y, sin aguardar respuesta, elevó al cielo su rostro transfigurado y gritó haciendo bocina con las manos,

    ¡¡quia!!,

y, repentinamente, ante el asombro del señorito Iván, una grajeta se desgajó del enorme bando y picó en vertical sobre ellos, en vuelo tan vertiginoso y tentador, que el señorito Iván se armó, aculató la escopeta y le tomó los puntos, de arriba abajo como era lo procedente, y al Azarías, al verlo, se le deformó la sonrisa, se le crispó el rostro, el pánico asomó a sus ojos y voceó fuera de sí,

    ¡no tire, señorito, es la milana!,

pero el señorito Iván notaba en la mejilla derecha la dura caricia de la culata, y notaba, aguijoneándole, la represión de la mañana, y notaba, asimismo, estimulándole, la dificultad del tiro de arriba abajo, en vertical y, aunque oyó claramente la voz implorante del Azarías,

    ¡señorito, por sus muertos, no tire!,

no pudo reportarse, cubrió al pájaro con el punto

de mira, lo adelantó y oprimió el gatillo y, simultáneamente a la detonación, la grajilla dejó en el aire
una estela de plumas negras y azules, encogió las
patas sobre sí misma, dobló la cabeza, se hizo un
gurruño, y se desplomó, dando volteretas, y, antes
de llegar al suelo, ya corría el Azarías ladera abajo,
los ojos desorbitados, regateando entre las jaras y
la montera, la jaula de los palomos ciegos bambo-
leándose ruidosamente en su costado, chillando,
    ¡es la milana, señorito!, ¡me ha matado a la mi-
    lana!,
y el señorito Iván tras él, a largas zancadas, la escopeta abierta, humeante, reía,
    será imbécil, el pobre,
como para sí, y luego, elevando el tono de voz,
    ¡no te preocupes, Azarías, yo te regalaré otra
    milana!,
pero el Azarías, sentado orilla una jara, en el rodapié, sostenía el pájaro agonizante entre sus
chatas manos, la sangre caliente y espesa escu-
rriéndole entre los dedos, sintiendo, al fondo de
aquel cuerpecillo roto, los postreros, espaciados,
latidos de su corazón, e, inclinado sobre él, sollo-
zaba mansamente,
    milana bonita, milana bonita,
y el señorito Iván, a su lado,
    debes disculparme, Azarías, no acerté a repor-
    tarme, ¡te lo juro!, estaba quemado con la abs-

170

tinencia de esta mañana, compréndelo,
mas el Azarías no le escuchaba, estrechó aún más
el cuenco de sus manos sobre la grajeta agonizante, como si intentara retener su calor, y alzó hacia
el señorito Iván una mirada vacía,

¡se ha muerto!, ¡la milana se ha muerto, señorito!,

dijo, y, de esta guisa, con la grajilla entre las manos, se apeó minutos después en la corralada y
salió Paco, el Bajo, apoyado en sus bastones, y el
señorito Iván,

a ver si aciertas a consolar a tu cuñado, Paco,
le he matado el pájaro y está hecho un llora-
duelos,

reía, y, a renglón seguido, trataba de justificarse,
tú, Paco, que me conoces, sabes lo que es una
mañana de espera sin ver pájaro, ¿no? bueno,
pues eso, cinco horas de plantón, y, en éstas,
esa jodida graja pica de arriba abajo, ¿te das
cuenta?, ¿quién es el guapo que sujeta el dedo
en estas circunstancias, Paco?, explícaselo a tu
cuñado y que no se disguste, coño, que no sea
maricón, que yo le regalaré otra grajilla, carroña de ésa es lo que sobra en el Cortijo,

y Paco, el Bajo, miraba, alternativamente, al señorito Iván y al Azarías, aquél con los pulgares en
las axilas del chaleco-canana, sonriendo con su
sonrisa luminosa, éste, engurruñado, encogido

sobre sí mismo, abrigando al pájaro muerto con sus manos achatadas, hasta que el señorito Iván subió de nuevo al Land Rover, lo puso en marcha y dijo desde la ventanilla,

no te lo tomes así, Azarías, carroña de ésa es lo que sobra, a las cuatro volveré a por ti, a ver si pinta mejor a la tarde,

pero al Azarías le resbalaban los lagrimones por las mejillas,

milana bonita, milana bonita,

repetía, mientras el pájaro se le iba quedando rígido entre los dedos y, cuando notó que aquello ya no era un cuerpo sino un objeto inanimado, el Azarías se levantó del tajuelo y se acercó al cajón de la Niña Chica y, en ese momento, la Charito emitió uno de sus alaridos lastimeros y el Azarías le dijo a la Régula, frotándose mecánicamente la nariz con el antebrazo,

¿oyes, Régula?, la Niña Chica llora porque el señorito me ha matado la milana,

mas, a la tarde, cuando el señorito Iván pasó a recogerle, el Azarías parecía otro, más entero, que ni moquiteaba ni nada, y cargó la jaula con los palomos ciegos, el hacha y el balancín y una soga doble grueso que la de la mañana en la trasera del Land Rover, tranquilo, como si nada hubiera ocurrido, que el señorito Iván reía,

¿no será esa maroma para mover el balancín,

verdad, Azarías?,
y el Azarías,
   para trepar la atalaya es,
y el señorito Iván,
   andando, a ver si quiere cambiar la suerte,
y metió el coche en el carril, las ruedas en los relejes profundos, y aceleró mientras silbaba alegre-
mente,
   el Ceferino asegura por sus muertos que en la
   linde de lo del Pollo se movían anteayer unos
   bandos disformes,
pero el Azarías parecía ausente, la mirada perdi-
da más allá del parabrisas, las chatas manos inmóviles sobre la braguera sin un botón, y el señorito Iván, en vista de su pasividad, comenzó a silbar una tonadilla más viva, pero así que se apearon y divisó el bando, se puso loco,
   apura, Azarías, coño, ¿es que no las ves?, hay
   allí una junta de más de tres mil zuritas, ¡la
   madre que las parió!, ¿no ves cómo negrea el
   cielo sobre el encinar?,
y sacaba atropelladamente las escopetas, y el ma-
letín de los cartuchos, y se ceñía a la cintura las
bolsas de cuero y completaba los huecos del chaleco-canana,
   aviva, Azarías, coño,
repetía, pero el Azarías, tranquilo, apiló los trebejos junto al Land Rover, depositó la jaula de los

173

palomos ciegos al pie del árbol y trepó tronco arriba, el hacha y la soga a la cintura, y una vez en el primer camal, se inclinó hacia abajo, hacia el señorito Iván,

¿me alarga la jaula, señorito?,

y el señorito Iván alzó el brazo, con la jaula de los palomos en la mano, y, simultáneamente, levantó la cabeza y, al hacerlo, el Azarías le echó al cuello la soga con el nudo corredizo, a manera de corbata, y tiró del otro extremo, ajustándola, y el señorito Iván, para evitar soltar la jaula y lastimar a los palomos, trató de zafarse de la cuerda con la mano izquierda, porque aún no comprendía,

¿pero qué demonios pretendes, Azarías?, ¿es que no has visto la nube de zuritas sobre los encinares del Pollo, cacho maricón?,

y así que el Azarías pasó el cabo de la soga por el camal de encima de su cabeza y tiró de él con todas sus fuerzas, gruñendo y babeando, el señorito Iván perdió pie, se sintió repentinamente izado, soltó la jaula de los palomos y,

¡Dios!... estás loco... tú,

dijo ronca, entrecortadamente, de tal modo que apenas si se le oyó y, en cambio, fue claramente perceptible el áspero estertor que le siguió, como un prolongado ronquido y, casi inmediatamente, el señorito Iván sacó la lengua, una lengua larga, gruesa y cárdena, pero el Azarías ni le miraba, tan sólo sostenía la cuerda, cuyo cabo amarró ahora al camal en que se sentaba, y se frotó una mano con otra y sus labios esbozaron una bobalicona sonrisa, pero todavía el señorito Iván, o las piernas del señorito Iván, experimentaron unas convulsiones extrañas, unos espasmos electrizados, como si se arrancaran a bailar por su cuenta, y su cuerpo penduleó un rato en el vacío hasta que, al cabo, quedó inmóvil, la barbilla en lo alto del pecho, los ojos desorbitados, los brazos desmayados a lo largo del cuerpo, mientras el Azarías, arriba, mascaba salivilla y reía bobamente al cielo, a la nada,

milana bonita, milana bonita,
repetía mecánicamente, y, en ese instante, un apretado bando de zuritas batió el aire rasando la copa de la encina en que se ocultaba.

ÍNDICE